シリーズ もっと知りたい名作の世界 ⑩

赤毛のアン

桂　宥子/白井澄子 編著

ミネルヴァ書房

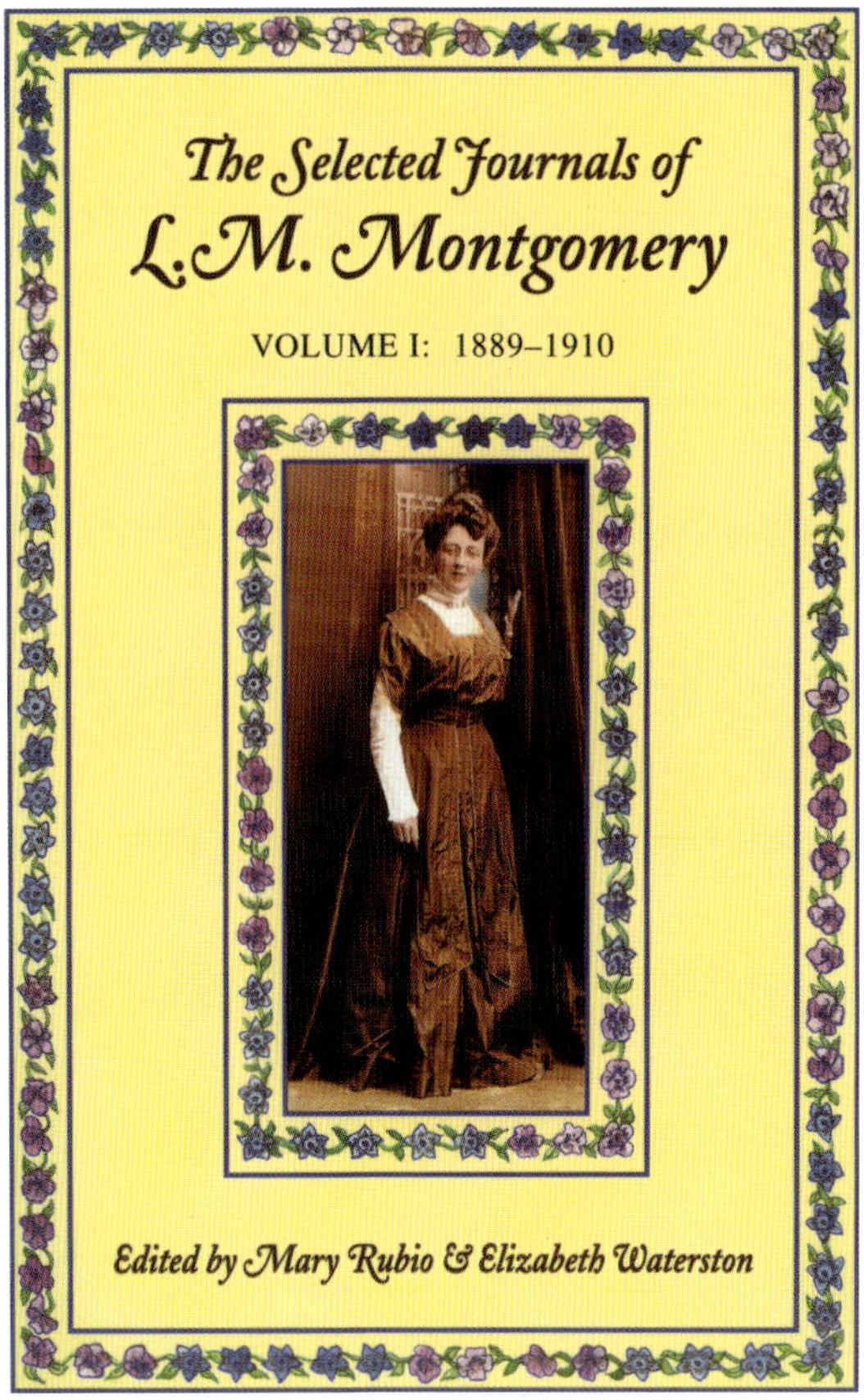

口絵１　M. ルビオ・E. ウォーターストン編集『モンゴメリ日記』第1巻原書。モンゴメリがもうすぐ15歳になる1889年から1910年までの日記より抜粋

口絵２　『モンゴメリ日記』第2巻原書。1910～1921年

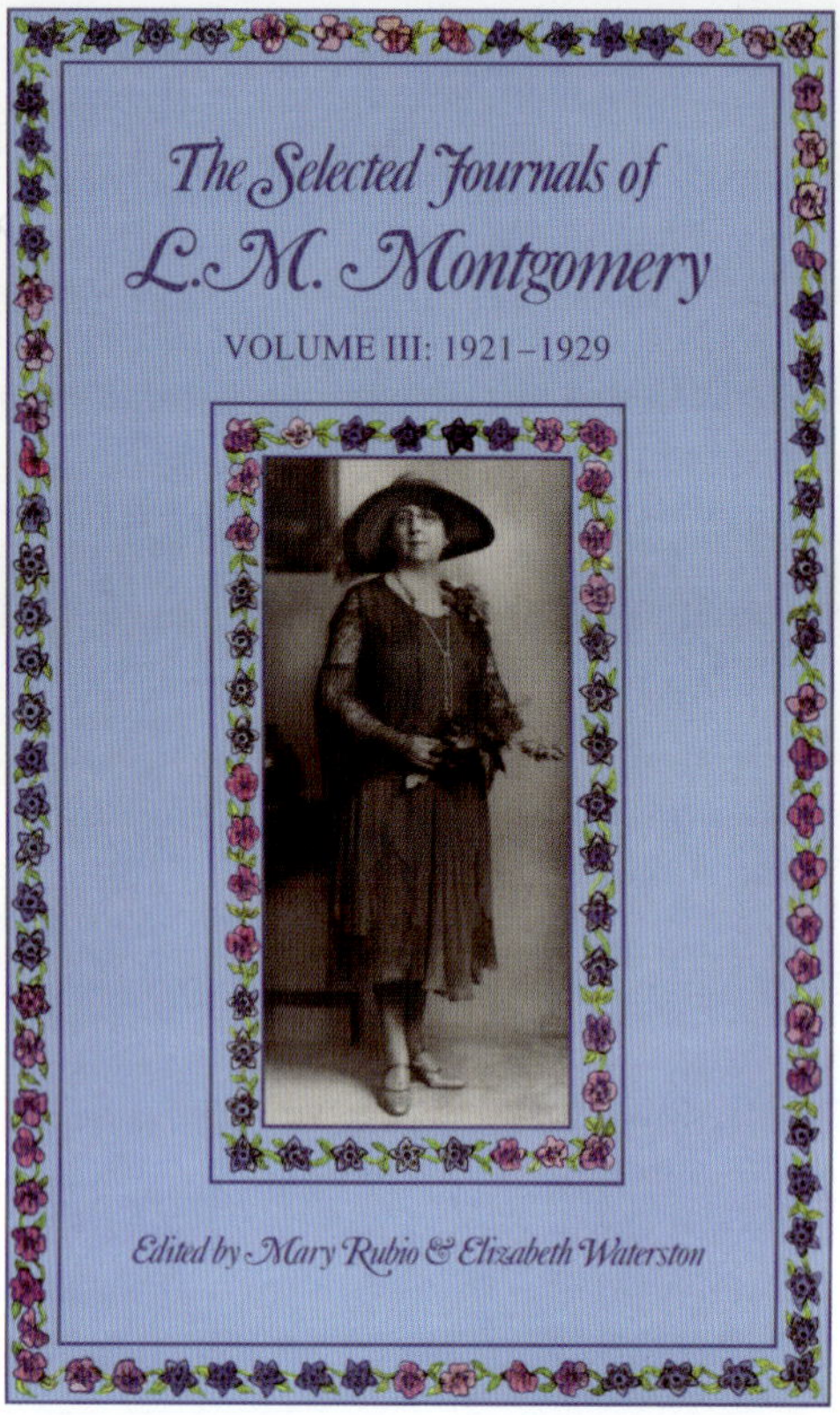

口絵３『モンゴメリ日記』第３巻原書。1921～1929年

口絵４『モンゴメリ日記』第４巻原書。1929～1935年

口絵５『モンゴメリ日記』第５巻原書。1935～1942年

はしがき

一九〇八年六月二〇日、モンゴメリは彼女の最初の本、出版ほやほやの『赤毛のアン』を手にして、その喜びを『日記』に綴っている。彼女のそれまでの夢や望みや大志や苦闘の結果が具体的な形になった瞬間であった。あのみずみずしい感激から一世紀が経ち、二〇〇八年は『赤毛のアン』出版百周年にあたる。

『赤毛のアン』は一九五二年、日本に最初に紹介されたカナダの児童書とされる。しかし、一九〇八年出版当時の欧米の書評を見ると、『アン』は子どもだけでなく、幅広い読者層に推薦されている。若い女性の横顔が表紙に描かれた『赤毛のアン』の初版本を見れば、大人の読者に支持されたからこそ、この作品が北米でベストセラーになったことが納得できよう。

その後、一般読者の文学趣向が、よりリアリスティックな作品を求めるようになるにつれ、『赤毛のアン』のような少女を主人公とするロマンティックな作品は、一般小説の本棚から次第に閉め出され、『若草物語』に代表される少女物語の系譜に組み込まれていったのである。モンゴメリはいつしか児童文学の分野で評価されるようになった。

しかし、一九八〇年代後半になって、モンゴメリの作品は世界の研究者から熱烈な注目を浴びるようになる。彼女が死後五〇年間封印するよう遺言した『日記』が出版されはじめたからである。半世紀以上の歳月を二百万語をもって綴った職業作家の日記は、私たちが想像もしなかった『赤毛のアン』の作者の波乱万丈に満ちた、真の姿を明らかにすることになった。

近年、モンゴメリ研究は目覚ましい進歩をとげている。一九九三年、プリンス・エドワード島大学に「L・M・モンゴメリ研究所」が設立され、翌年、国際モンゴメリ学会が同大学で開催された。以来、隔年に国際学会が開催され、フェミニズム、カルチュラル・スタディーズをはじめ、さまざま視点からモンゴメリ研究が進められている。

人気者のアンには出版百年を記念して、世界中からたくさんのお祝いが寄せられることであろう。ここに我が国におけるモンゴメリ研究の最新の成果を集めて彼女の生誕百周年に祝意を表したい。

二〇〇八年一月

編　者

『赤毛のアン』1908年

赤毛のアン

目　次

COLUMN

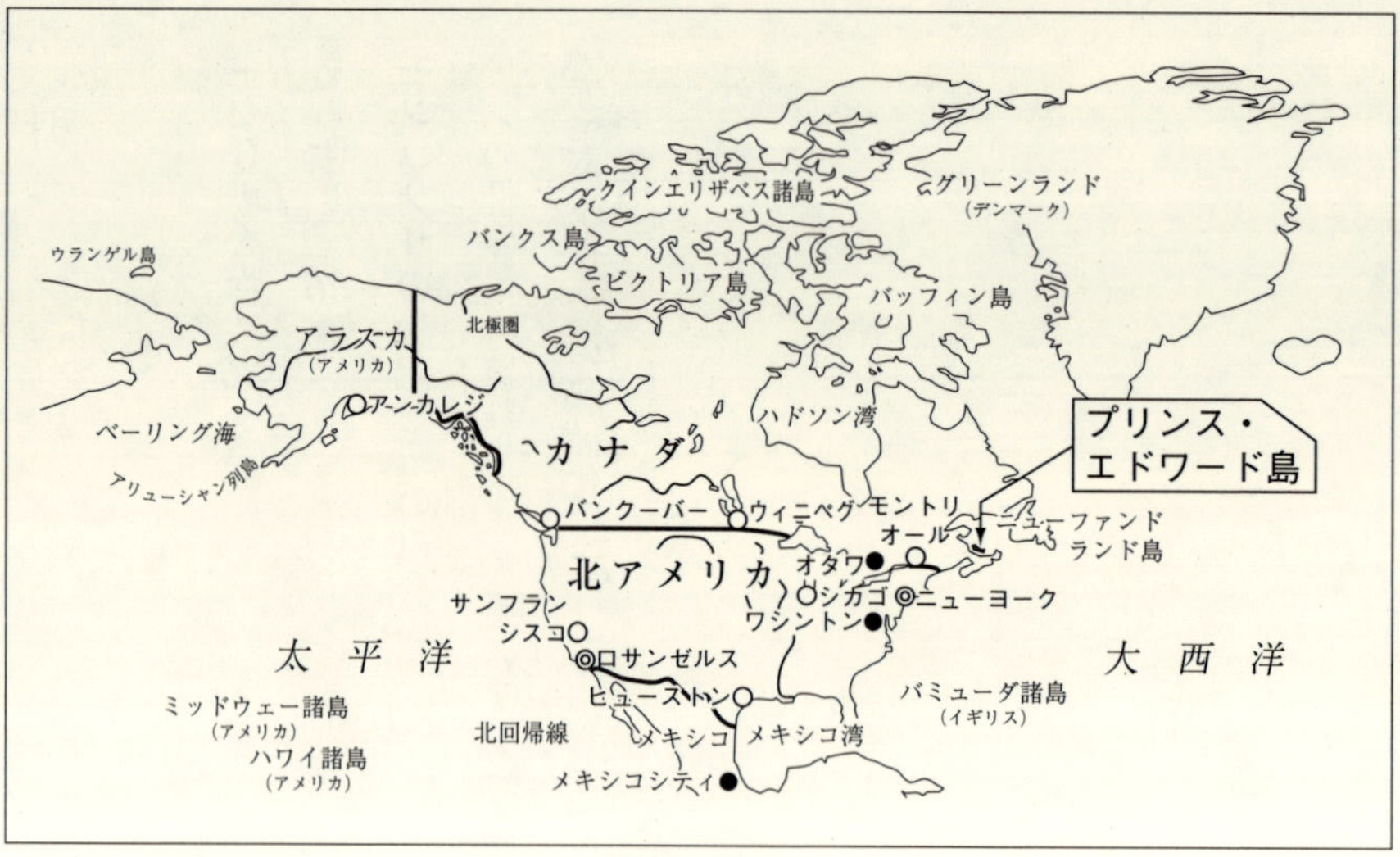

北米地図

プリンス・エドワード島略図

I

モンゴメリの世界への誘い

心に残る名場面

Isn't it splendid to think of all the things there are to find out about? It just makes me feel glad to be alive ── it's such an interesting world. It wouldn't be half so interesting if we know all about everything, would it? There'd be no scope of imagination then, would there?（Chapter 1）

日本語訳

この世界にはまだまだ知りたいことがたくさんあるんだって思うと、わくわくしない？　生きてるのが本当にうれしくなっちゃう――だってこんなに面白い世界なんですもの。世の中のことを全部知ってたら、この半分も面白くないと思うわ。想像力を働かせる余地がなくなってしまうもの。そうでしょ？

解説

アンがマシューにはじめて会い、馬車でグリーン・ゲイブルズへの道を進んでいくときに、赤い道の由来について尋ねたところ。好奇心満々で想像をするのが大好きなアンの様子がよくわかる。つらい孤児院での生活に耐え、想像力を働かせることで自ら生きる喜びを見出そうとしてきたアンは、物語全編をとおしてその活力を発散させ、カスバート家の兄妹をはじめ、旧式なアヴォンリーの人々をも活気づけていくことになる。

CHAPTER
1

『赤毛のアン』の作者モンゴメリの生涯とその作品

桂　宥子

プリンス・エドワード島の二人の少女 —— *L. M. Montgomery*

図１　モンゴメリが育ったマクニール家跡地

誕生、そして母との別れ　プリンス・エドワード島の少女といえば、大方の人は赤毛のアンを思い浮かべるであろう。アンはフィクションのヒロインでありながら、強烈な存在感とともに百年の時空を越えて彼の島と強く結びついている。他方、アンと同じくらい魅力的なプリンス・エドワード島の天才少女を忘れることはできない。カナダが世界に誇る『赤毛のアン』（*Anne of Green Gables*, 1908）の作者Ｌ・Ｍ・モンゴメリは、雑貨商を営むヒュー・ジョン・モンゴメリとクレアラ・ウルナー・マクニールの子として一八七四年一一月三〇日、プリンス・エドワード島のクリフトン（現在のニューロンドン）に生まれた。しかし、赤ん坊と両親の暮らしは長くは続かなかった。モンゴメリが生後二一カ月の時に、母親が結核で亡くなったからである。ゼロ歳時からの記憶を持つモンゴメリは、母親との死別のシーンをしっかり記憶している。記憶力が抜群であったがために、赤ん坊は棺に横たわる母親に触れたときの奇妙な冷たさを母の唯一の思い出として、その後の人生を生きることになった。

孤独な子ども時代——読書の喜びと書く喜び　その後、父親が西部のプリンス・アルバートへ移り住み、そこで再婚したために、モンゴメリはキャヴェンディッシュに住み、農場主兼郵便局長であった母方の祖

図2　モンゴメリ当時の郵便局内部

父アレグザーンダー・マクニールとその妻ルーシー・ウルナーにひきとられた。熱心な長老派教会信徒であった祖父母は、モンゴメリに名家の子女に相応しい気位と自尊心をもつように養育した。モンゴメリは養父母の期待に答えるように、慎み深く、どんな時にも本心を曝け出さない若者に成長した。

物質的には満たされていても、幼くして両親の保護を離れた少女は孤独であった。それを癒すために、空想の世界に逃避することがしばしばであった。『赤毛のアン』の第八章に、本箱のガラス扉に映る自分の顔をガラスの向うに住む友達ケイティ・モーリスにみたてて、アンが話しかける場面がある。それは、居間に置いてある本箱の左の扉にケイティ・モーリス、右の扉に、ルーシー・グレーという未亡人の友達をもっていた幼き日のモンゴメリの姿そのものである。

幼くして両親と離別する悲運に見舞われた少女に読書は「逃避と慰め」を与えた。モンゴメリにとって読書後の醍醐味は、作品から金言警句や気に入った箇所を抜き取り、専用のノートに書き写すことであった。『赤毛のアン』には、注意深く読むと、ブラウニング、ワーズワース、シェイクスピア、スコット等の古典作品や聖書からの引用が満天の星のごとく散りばめられている。

モンゴメリは十代のころより作文コンテストで優秀な成績をおさめる等、たぐい稀な文才の持ち主であった。彼女はこの才能を母方から受け継いだのであろう。マクニール家には詩人やストーリー・テリングの才能に長けた人たちが多かった。特に大叔母のメアリー・ローソンはモンゴメリのストーリー・テリングの才能に少なからず影響を及ぼした人物である。

モンゴメリによると、彼女には相反する二つの血が流れているという。情熱的で想像力豊かなモンゴメリ家の血と清教徒マクニール家の良心の血である。どちらも片方を圧倒するほど強くはなかった。日常生活において、モンゴメリはマクニールの家風に従い、慎み深く暮らさなければならなかった。すると、モンゴメリ家の血が、そのはけ口を求めて騒ぎだすのであった。この相反する血の葛藤に、モンゴメリはその後の人生において幾度となく苦悩することになるが、幼いモンゴメリは、そのジレンマの解消を「書くこと」に見いだした。そしていつしか、詩や小説を書いては新聞社や雑誌社へ送る、ある種の「投稿魔」となった。自分の作品が活字になることは、彼女にとって大きな喜びであった。成功よりは不成功の方が多かったが、幸い祖父が自宅で郵便局を経営していたので、誰にも気づかれないうちに雑誌に投稿することができたのであった。

作家になる決心　投稿を繰り返すうちに、文学少女は原稿が収入源となり、将来、文筆で身を立てられるかもしれないと思うようになる。たとえわずかでも、謝礼や原稿料は、モンゴメリにとり励みになった。

彼女のように聡明な子どもは、ほとんど孤児のような境遇の中で、早くから将来の自立を考えていたにちがいない。女性の社会進出がまだ活発でなかった当時、女性がつける職業は限られていた。また、モンゴメリの場合は、名門の出身というプライドもあり、なりふりかまわずに働くわけにはいかなかった。そんな彼女にとって作家という職業は、非常に魅力的に映ったにちがいない。

モンゴメリは将来作家になることを十代初めから意識し始めていた。密かに詩や物語をたくさん書き溜めていた少女は、そのうち、自分の作品に対する他人の批評を聞きたいと思うようになった。そこで、モンゴメリは一二歳のとき、「夕べの夢」という自作の詩を当時マクニール家に下宿していたロビンソン先生に、さりげなく差し出してみた。

「先生、こんな歌、ごぞんじですか？」

すると、ちょっとした歌い手でもあった先生は、「その歌は聞いたことはないけれど、とても美しい歌詞ね」と答えた。

少女は先生のさりげない一言に大いに勇気づけられた。そこで、将来は作家になろうと決心し、文学の小道に一歩を踏み出したのであった。

父との再会——継母との暮らし　一八九〇年夏、モンゴメリはサスカッチワンのプリンス・アルバートで再婚している父親と暮らすため西部へ向かう。まだ見たことのない継母に不安を抱きながらも、本当の母のように彼女を慕いたいと思う。一六歳の少女は、開通間もないカナダ太平洋鉄道に乗って、遠く離れた西部の町へ一人旅をしたのであった。

しかし、プリンス・アルバートでの生活は辛いものであった。彼女と余り年の違わない年若い継母との生活は、うまくいかなかった。子守りと家事を押し付けられ、学校へもろくに通わせてもらえなかった。

しかし、モンゴメリに夢中の担任教師マスタード先生との一連のエピソードは、『赤毛のアン』（一五章）のなかのプリシー・アンドリューズとフィリップス先生の関係を連想させる。結局、西部での生活はうまくいかず、モンゴメリは最愛の父との生活をあきらめ、一年後の一八九一年九月五日に再び、プリンス・エドワード島に戻った。

作家への道

図３　ハリファックスのダルハウジー大学

女教師　作家になるべくして生まれてきたようなモンゴメリであるが、決して自らの才能に溺れることはなかった。大切な才能を磨き、作家として成功する努力を惜しまなかった。将来はペンで身を立てたいと志したものの、それは決して平坦な道のりではなかった。彼女は常に少しでも高い教育を受けて、文才を磨きたいという希望を持っていた。西部から戻ったあと、モンゴメリは祖父母を説得して、キャヴェンディッシュのハイスクールに戻り、プリンス・オブ・ウエールズ・カレッジ進学と教員免許取得を目指して勉強する。その結果、一八九三年九月、受験者二六四名のうち五番という好成績で同カレッジに入学した。一八九四年六月、カレッジを卒業したモンゴメリは、同年、島の西方にあるビディファドの小学校に就職した。しかし、翌年、モンゴメリは、さらに高い教育の機会を求めて、ビディファドの学校を辞職する。

大学生　一八九五年九月一七日、モンゴメリはノヴァスコシア州ハリファックスにあるダルハウジー大学に進学し、英文学の選択コースを一年間履修する。文学士課程を修了する経済的余裕はなかった。モンゴメリは大学の勉強と投稿を繰り返す作家志願の日々を送る。一八九六年二月一五日、『イブニング・メイル』紙の「日常的な苦労や試練において、忍耐強いのは、男か女か」という課題の作文コンテストに応募し、めでたく受賞した。その獲得賞金で、テニソン、ロングフェロウ等英米作家の作品を買い揃えている。モンゴメリの作家としての成功は、単に才能と教育の賜物ばかりではない。彼女の並々ならぬ努力が成功へと導いたのである。零下二〇度の部屋で凍死しそうになりながらもペンを置くことなく、「困難のもと

図4　ベデック小学校

でも文学を追求しなければならない」と努力を重ね、成功を夢見る。ダルハウジー大学のコースを終えると、モンゴメリはベルモントの学校で再び教鞭をとることになった。そこではエド・シンプソンという男性教員が教えていたが、彼が秋からカレッジへ行くことになったので、モンゴメリはその後任として採用されたのである。

婚約　モンゴメリはプリンス・エドワード島の御三家の一つシンプソン家の御曹司エドから、一八九七年二月二日の手紙で愛を告白されている。エドはハンサムで賢く、善良で教養があった。将来は医者か、弁護士か、牧師を目指している青年であった。二人の結婚に家族は反対した。なぜなら、エドは尊大なシンプソン家の出身であり、モンゴメリとは、はとこ関係にあり、宗派が違っていたからである。しかし、モンゴメリは、その後、六月六日にエドを愛せると確信し、六月八日に彼と婚約した。しかし、六月一七日にはエドの抱擁に嫌悪を感じ、婚約から十日ほどで、自らのあやまちに気づくのであった。エドは一見非のうちどころのない、理想的な相手であった。しかし、努力はしたものの、モンゴメリは一番肝心な「愛」を彼に感じることができなかったのである。その後、彼女は長い苦悩と苦闘の末、やっとエドの束縛から自由になるのである。

一八九七年七月一日、モンゴメリは仕事がきつい上に、土地柄も好きになれなかったベルモントを去り、一度家に帰ったあと、秋からロウア・ベデックの学校に就職する。運命の皮肉と言うべきか、ベデックの学校に得た代用教員の職は、エドの紹介であった。

ベデックでモンゴメリは、エドの友人アル・リアードの家に下宿する。アルの二人の弟のうち、彼女はハーマンに魅力を感じる。彼は、黒髪に、青い瞳、女の子と同じくらい長くつややかなまつ毛をしていた。二七歳くらいだが年より若く見え、少年ぽかった。知性や教養のかけらもない、農場や若者のサークル以外にはこれといった興味のない若者であった。モンゴメリの理想の男性像からはひどくかけ離れた人物であり、「彼を夫として見る事は不可能だし、そのような男性との結婚を夢見るのはひどく馬鹿らしいと思う」と彼女は日記の中に述べている。それなのに、モンゴメリとハーマンは次第に親しくなっていく。

ハーマンとの燃えるような恋の日々に、やがて終止符が打たれる。祖父が急死したため、モンゴメリは

図5　ハーマンの家

故郷キャヴェンディッシュにもどり、祖母の面倒を見なければならなくなったのである。一八九八年四月二日、彼女はベデックをあとにした。

翌年、モンゴメリは『パイオニア』紙にハーマンの死亡記事を見付けることになる。彼はインフルエンザの合併症で七週間病んだ後に亡くなった。モンゴメリの恋はハーマンの死をもって、終結した。彼女はこのことを日記に、「私の人生における最も痛ましい章の〈結末〉」と記している。彼女は、結婚できない相手ではあったが、亡くなったが故に、かえってハーマンを独占できることに安堵すら感じている。

祖母との生活の小休止——キャリアウーマン　祖母の面倒を見る日々の中で、モンゴメリは一九〇一年にハリファックスのデイリー・エコー社で新聞の校正係兼記者を勤めることになった。収入は充分と言えないが、都会でさっそうと仕事にいそしむモンゴメリの姿を彼女の日記は描き出している。また、二〇世紀初頭のカナダにおける新聞社の様子や新聞の出来あがる行程がわかって興味深い。

半年ほど新聞社に勤めたあと、モンゴメリは気に入っていた新聞社の職をあきらめ、祖母の面倒を見るためにキャヴェンディッシュに戻ることを決心した。祖母は次第に社交性を欠き、頑固になっていった。そんな祖母に隷属する単調な日々の中で、幼なじみは結婚し、遠くへ去って行った。モンゴメリは日記をつけたり、創作をしたりして自己実現の道を探っていた。交際をほとんど絶った生活の中で、文通だけが彼女にとって社会につながる窓であり、文通を通してペンフレンドと文学や人生について意見を交換し合った。アルバータのE・ウィーバーとスコットランドのG・B・マクミランは、彼女の生涯を通じてよき文通相手となった。

『赤毛のアン』の成功

アンの誕生　モンゴメリのデビュー作『赤毛のアン』は、一九〇八年に刊行されたが、彼女はそのアイディアを三年前の一九〇五年に得ている。日曜学校新聞の連載のために何かよい話の種はないかと創作ノー

図6 『赤毛のアン』初版本

図7 映画のチケット（1989年）

トをめくるうちに、十年も前に記入したメモ書きを見つけたのである。「老夫婦が孤児院に男の子を養子にほしいと申し込んだところ、まちがって女の子が送られてきた」。これを読むうちに、モンゴメリの脳裏にある少女のイメージが浮かび、不思議なくらい彼女の心をとらえて離さなかった。そこで、この少女を主人公とする連載ものではなく、一冊の本を書くことにしたのであった。五月のある晩から、一日の仕事が終わったあとに書きためていき、翌年の一月に書き上がった。モンゴメリは自分の子ども時代の経験や「恋人の小径」など、キャヴェンディッシュの景色をふんだんに散りばめて『赤毛のアン』を書き上げた。

彼女の次なる課題は、出版社を探すことであった。モンゴメリは『赤毛のアン』の原稿を新進から中堅、大手を含む四社に送る。しかし、原稿を採用する出版社はどこもなかった。返却された原稿は、そのまま古い帽子の箱に詰め込まれ、すっかり忘れられて一冬を越す。その後、モンゴメリは、たまたま捜しものの最中にこの原稿を見つけだす。読み返してみると、なかなか面白かったので、原稿をボストンのペイジ社に送った。すると、一九〇七年四月一五日、ペイジ社より四月八日付けの原稿採用通知が届いた。

五度目の挑戦にして、ついに『赤毛のアン』の出版に漕ぎ着けたのである。モンゴメリは苦労の末、『アン』の出版社を見つけたものの、その成功には確固たる自信がなかった。そこで、ペイジ社との印税は、卸値の十%という、新人といえども不利な契約を結んでしまう。提示された印税率には不満があったが、出版が断られることを懸念して、ペイジ社に楯突けなかったのである。

一九〇八年六月二〇日のモンゴメリの『日記』を見ると、彼女の夢、望み、大志、苦闘の結実である出版まもない『赤毛のアン』を手にしたモンゴメリの感動が伝わってくる。

モンゴメリが『赤毛のアン』の初版を手にしてから十日後に、すでにそれに対する書評が書かれ始めている。大方の書評は好意的であり、『アン』が出版当初から高い評価を得ていたことが分かる。なかでも、「不滅のアリス以降フィクションに登場したもっとも愛すべき子ども」というアメリカ文学界の大御所マーク・トウェインからの賛辞は、モンゴメリをことのほか喜ばせた。

カナダの片田舎を舞台にしたちっぽけな作品が、アメリカの大都会でベストセラーになるとは、モンゴメリ自身、想像だにしなかった。しかし、彼女が『アン』の初版を手にしてから十日後に、すでに再版が

図8　銀の森屋敷

図9　キャンベル家居間

でている。そして刊行四カ月後には、五版を重ね、名実ともにベストセラーとなった。

早くも一九〇九年には、『赤毛のアン』の続編『アンの青春』（*Anne of Avonlea*）が出版されている。この作品では、一六歳のアンがアヴォンリーの小学校の教師となって活躍する。隣人の牛を自分のと間違えて売ってしまったり、若者たちと村の改善会を結成したり、双子を家に引き取って育てたり、担任の生徒の父親とその昔の恋人とのキューピット役になったりして、楽しい日々を過ごす。やがて親友ダイアナはフレッドと婚約し、アンとギルバートは大学へ進学する。

結婚　『赤毛のアン』は「幸せと希望を与えてくれる」作品として、評判は上々であった。しかし、当時のモンゴメリはこうした評価に首を傾げている。作品の明るさにひきかえ、作者の実生活はそれほどバラ色ではなかったからである。日々頑固になる老祖母と暮らす単調な生活は、やりきれないものであった。幼友達は結婚し、みんな去って行った。『赤毛のアン』は、実はこの孤独と精神的憂鬱の中で書かれていたのである。辛い日々に、作家になる夢を追い続けることだけが自己実現の道であった。逆境にめげず、向上心旺盛なアンは、モンゴメリの青春そのものの投影であろう。辛い日々の中で、将来への一筋の光となったのは、ユーアン・マクドナルドとの出会いであった。

ユーアンはプリンス・エドワード島のヴァリーフィールドの出身であるが、その一族はスコットランドの高地人であった。彼は一九〇三年九月にキャヴェンディッシュ教会の牧師職に着任した。当時、ユーアンは中背で、がっしりした体格であり、容姿の良い、年は三四歳位の独身男性であった。モンゴメリはユーアンから彼がスコットランドへ留学する前に求婚される。彼女は祖母が亡くなり、自由の身になるまで待ってくれるという条件で、婚約を承諾した。一九一一年三月、祖母はインフルエンザが原因の肺炎で亡くなった。祖母の死から四カ月後の一九一一年七月五日、二人は結婚した。

『赤毛のアン』の続編『アンの夢の家』（*Anne's House of Dream*, 1917）で、立派な若者に成長したアンとギルバートはめでたく結婚する。モンゴメリは自らの願望を作品世界で実現させたかったのであろう。彼女はアンのように白いドレスとベールに身を包み、白いバラとユリのブーケをかかえた花嫁となった。だが、自分が育った家で結婚式をあげることはできなかった。そこは叔父が相続したからである。祖母の死後、住む家を失ったモンゴメリは、プリンス・エドワード島のパークコーナーにある叔父キャンベルの家で式をあげた。ここは、『銀の森のパット』（*Pat of Silver Bush*, 1933）の舞台である。

結婚式当日の正午、階下で賛美歌を歌う人々が待つ中、叔父に手をとられた花嫁は二階から階段を降りた。式は数分のうちに終わり、人々は「マクドナルド夫人」と彼女に声をかけた。しかし、花嫁の心境は複雑であった。幸福と自信に満ち溢れた『アンの夢の家』の主人公とは違い、生身のモンゴメリには、結婚は必ずしもバラ色の人生を意味するものではなく、むしろ人生の墓場と思えたのである。

いまやモンゴメリは、一人前の作家となり、その年収は、当時その地域で働く女性の二〇倍近くもあった。アンとは別の主人公が登場する『果樹園のセレナーデ』（*Kilmeny of the Orchard*, 1910）や『ストーリー・ガール』（*The Story Girl*, 1911）がこの頃書かれた。売れっ子作家モンゴメリは嫁入り衣装として新調した、たくさんの服やブラウスや帽子をもって、二カ月にわたるスコットランドとイングランドへの新婚旅行に出かけた。

妻、母、作家としての日々

図10　リースクデール牧師館

リースクデールの日々　新婚旅行から帰ると、二人はユーアンの新任地、オンタリオ州のリースクデールで新婚生活を始めた。海に囲まれ、開放的なプリンス・エドワード島に比べ、ここは内陸で、一面に農地が広がる殺風景なところであった。しかし、リースクデールの一五年間は、結婚、出産、育児とモンゴメリの人生においても一番充実した時期であったため、おそらく自然の景観に不満を述べるひまはなかったと想像される。一方、トロントに近いことで、演劇を鑑賞したり、文学の集いに参加したり、島では味わえない都会の生活を満喫することもできた。

当時の教会は、今日私たちが想像する以上に人々の社会や生活と密着していた。だから、牧師夫人には、コミュニティーの中心的役割が期待されていた。夫の補佐はもちろんのこと、日曜学校で子どもたちに教え、青年会では芝居の脚本を書いて演技指導を行い、さらに各信徒の家庭を訪問するなど、仕事は果てし

図11「アン」シリーズの作品から

なくあった。また、教区民から人生や家庭の悩みを打ち明けられることも少なくないが、牧師夫人はそれを聞くばかりで口外することは決して許されない。モンゴメリは辛くなると、心の内を日記に吐露したものであった。

一九一二年六月三〇日、彼女のもとに新しい作品『アンの友達』（*Chronicles of Avonlea*, 1912）が届いた。アンの周辺にいる人々を主人公とした一二話のオムニバスである。この作品の評判も上々だった。このちしばらくして、七月七日に長男チェスターが生まれた。モンゴメリは高齢出産を心配していたが、お産は案ずるより軽く、赤ん坊は健康そのものであった。ところが、一九一四年の二度目のお産は、まるで正反対であった。つわりがひどく、今回は女の子を望んでいたのだが、生まれてきた子はすでに死んでいた。何のために産まれてきたのか分からない息子ヒューの不条理な誕生に、モンゴメリは心を痛めた。折しも、第一次世界大戦がはじまったというニュースをベッドのなかで聞いたモンゴメリは、二重のショックを受けたのであった。イギリス連邦に属すカナダはいち早く義勇兵を送った。彼女の身内でも異母弟カールが出兵し、片足を失う負傷を負った。

一九一五年一〇月七日、三男スチュアートが無事誕生し、モンゴメリは悲しんでばかりもいられなくなった。彼女は牧師の妻として有能であったばかりでなく、家庭にあっても素晴らしい女性であった。料理や手芸が得意で、子どもたちには慈愛に満ちた母親であった。さらに驚くことは、モンゴメリが残した作品のほとんどは、結婚後の多忙な時期に書かれているのである。

「アン」シリーズでは、『アンの友達』に続き、『アンの愛情』（*Anne of the Island*, 1915）、『アンの夢の家』、『虹の谷のアン』（*Rainbow Valley*, 1919）、『アンの娘リラ』（*Rilla of Ingleside*, 1921）が出版された。

「アン」シリーズ以外では、『ストーリー・ガール』の続編である『黄金の道』（*The Golden Road*）が一九一三年に出版された。他には詩集の『夜警』（*The Watchman and Other Poems*, 1916）、自伝である『険しい道』（*The Alpine Path*, 1917）が書かれている。さらに、モンゴメリはアンに劣らず魅力的な新しい主人公エミリー・バード・スターを創造し、『可愛いエミリー』（*Emily of New Moon*, 1923）、『エミリーはのぼる』（*Emily Climbs*, 1925）、『エミリーの求めるもの』（*Emily's Quest*, 1927）を著した。この三部作のなかで、将来、作家を夢見る少女の成長が語られる。

図 12　ミュージカル『エミリー』のパンフレット

図 13『マリゴールドの魔法』

「アン」シリーズは、どれも成功したが、次々と続編を書くことに、モンゴメリはあまり気が進まなかった。もっとちがうタイプの作品も書きたかったからである。一方、お金になるシリーズを止められない理由があった。夫ユーアンに憂鬱症の症状がはっきりと出てきたからである。モンゴメリは知らなかったのだが、彼は子どもの頃からこの病気の傾向があり、発作を繰り返してきたのであった。ユーアンは名医を求め、医者を転々とするが、一点を見つめ、ふさぎこむばかりの夫を回復させる手だてはなかった。心身共に疲労困憊し、モンゴメリ自身も睡眠薬を常用する日々であった。万一、夫が職を失ったらと考えると、子どもの養育費のため、夫の治療代のため、彼女は「アン」シリーズを書き続けなければならなかったのである。

ノーヴァルの日々　一九二六年、モンゴメリ一家は、ユーアンの新しい赴任地であるトロントにさらに近いノーヴァルという小村に移る。長老派とメソジスト派の統合をめぐるリースクデールのごたごたに、統合反対論者のユーアンが辟易した結果であった。ノーヴァルはオンタリオ州で美しい場所の一つと見なされていた。子どもも成長し、執筆時間が充分とれるようになった彼女は、長年書きたかった大人向けの作品に挑戦し、『青い城』（*The Blue Castle*, 1926）と一種のミステリー『もつれた蜘蛛の巣』（*A Tangled Web*, 1931）を著す。ノーヴァルでモンゴメリは『エミリーの求めるもの』を著し、「エミリー」シリーズを完結させた。また、生まれてから四カ月も名前が付けられなかった女の子の成長を一二歳まで追った『マリゴールドの魔法』（*Magic for Marigold*, 1929）、家族が次々と家を去ったあと女主人となって屋敷を守っていく少女を描いた『銀の森のパット』を著した。

この頃、一九二八年一〇月には、『アンをめぐる人々』（*Further Chronicles of Avonlea*, 1920）の出版トラブルや印税支払いに関して一〇年越しに闘ってきたペイジ社との訴訟もようやく決着した。遡ること一九一七年七月、モンゴメリは『アンの夢の家』をそれまでのペイジ社ではなく、トロントのマックレランド・スチュワート社から出版した。これを不服としたペイジ社は、彼女に支払う印税千ドルの支払を拒否したのであった。女性は法に弱いと見くびっていた相手を裁判で正々堂々と打ちのめしたことに、モンゴメリは満足した。

図14　グリーン・ゲイブルズ

トロント――終の住処　一九三五年にモンゴメリは、『銀の森のパット』の続編『パットお嬢さん』（*Mistress Pat*）を出版する。これまで祖父の家や牧師館で暮らしてきたが、一九三五年、夫が退職したのを機に、彼女はトロント市内に自らの家を購入した。ハンバー川に近いリバーサイド・ドライヴに建つチューダー様式を模したこの家は、モンゴメリの終の住処に相応しく「旅路の果て荘（Journey's End）」と名付けられた。ここで彼女は、息子たちと再び一緒に暮らした。そして、この年モンゴメリはオタワでジョージ五世より大英帝国勲位を受けた。また、フランス芸術院会員にも選出されている。

「旅路の果て荘」では一度は別居した両親と再びトロントで一緒に暮らす少女の物語『丘の家のジェーン』（*Jane of Lantern Hill*, 1937）が執筆された。『パットお嬢さん』のあと、モンゴメリはしばらく休んでいた「アン」シリーズに再度着手した。家の購入資金が必要だったからである。サマーサイドの中学校校長として過ごした日々が、婚約者ギルバートに宛てた手紙の形式で綴られている『アンの幸福』（*Anne of Windy Poplars*, 1936）は、『アンの愛情』と『アンの夢の家』の間に位置づけられる作品である。続く『炉辺荘のアン』（*Anne of Ingleside*, 1939）は、「夢の家」のあと、「炉辺荘」に移ったアン一家の暮らしが語られている。話の中心は六人の子どもたちに移り、彼らの良き母親であるアンが、医師の夫に愛されながら家族と共に生きる喜びを感じる姿が描かれている。

その後、モンゴメリは『ジェーン』の続編にも取り組むが、この作品が完成されることはなかった。モンゴメリは一九四二年四月二四日、トロントで六七年の生涯を終えた。死亡診断書によると、死因は冠状動脈血栓症とされている。

モンゴメリの波瀾万丈に満ちた人生を振り返ると、彼女は一九世紀末にプリンス・エドワード島の小さなコミュニティーに生まれ育ち、二〇世紀初めに島を去り、その後都会で暮らした。その間、一九三〇年の世界恐慌と二つの大戦を経験し、技術進歩の著しい時代を生き抜いた。家庭では持ち前の「やりくり上手」を発揮して、牧師の妻、母、作家の三役を見事にこなした。作家としては少女小説のジャンルで輝かしい成功をおさめたが、一般小説の分野でも評価を受けることを本人は望んでいたにちがいない。しかし、時代は次第に小説にリアリズムを求めるようになり、モンゴメリのロマンティックな作風は一般読者の文学趣向と乖離していった。終始若者向けの作品を書き続けなければならなかったところに、モンゴメリは

図15　モンゴメリの墓

作家としてのジレンマを感じていたことであろう。一方、彼女は自分自身に関するリアルな記録を日記（本書コラム八三―八四頁参照）に残した。今後、英語で書かれた日記文学の最高峰として、高く評価されるであろう。

カナダの文学地図に金字塔を打ち建てたモンゴメリは、今、最愛の故郷プリンス・エドワード島に再び戻り、『アン』の舞台となったグリーン・ゲイブルズを臨む墓地で、世界各国から訪れる巡礼者たちを静かに迎えている。

参照文献

（1）Montgomery, L. M. *Anne of Green Gables*. New York: Bantam Books, 1978.［掛川恭子訳『赤毛のアン』講談社、一九九九］

（2）Rubio, Mary and Elizabeth Waterston, eds. *The Selected Journals of L. M. Montgomery*, Vol. 1–5. Toronto: Oxford University Press, 1985–2004.［桂　宥子訳『モンゴメリ日記一―三（一八八九―一九九〇）』立風書房、一九九五―一九九七］

CHAPTER
2

モンゴメリの作品舞台を巡る

ヴィジュアル・ツアー

桂　宥子

モンゴメリの移動軌跡

L. M. Montgomery

モンゴメリの生涯の移動軌跡を追うと、誕生から結婚までのキャヴェンディッシュを中心とするプリンス・エドワード島時代、結婚してから亡くなるまで暮らすオンタリオ州時代に大別されよう。もっとも一九歳のときにはカナダ太平洋横断鉄道で西部のプリンス・アルバートに住む父親を訪ねたり、大学生のときや新聞社勤務のときにはプリンス・エドワード島の対岸にあるノヴァスコシア州のハリファックスに暮らしたりして、一時的に島を出ることもあった。

モンゴメリは、『赤毛のアン』を執筆する際に自分の子ども時代の経験や夢、キャヴェンディッシュの風景をふんだんに盛り込んだと『日記』に述懐している（1—Vol. 1—三三一頁）このように、モンゴメリは自らの作品の舞台に、印象に残った実在する場所を選択していることが少なくない。以下、紙面の許す限り、モンゴメリの作品とその舞台を巡ってみたい。

プリンス・エドワード島

キャヴェンディッシュと『赤毛のアン』 カナダ東部、セント・ローレンス湾の南に位置するプリンス・エドワード島は、モンゴメリにこよなく愛され、アンに世界で一番美しいところと絶賛された。春には香り高いリンゴや桜の花が咲き乱れる。夕方海辺では、えも言われぬ壮麗な夕焼けの景色を眺望することができる。酸化鉄を含む赤土と木々の緑が印象的なプリンス・エドワード島の自然は、今も昔も変わっていない。

これまでプリンス・エドワード島へのアクセスは空路とフェリーしかなかった。しかし、一九九七年六月から「コンフェデレーション橋」を利用して本土から陸路で島に渡ることが可能となった。島の州都はシャーロットタウン。ここにはかつてモンゴメリが学び、『赤毛のアン』では「クィーン学院」として登場するプリンス・オブ・ウェールズ・カレッジの後身ホランド・カレッジがある。また、芸術センター（Confederation Centre of the Arts）内の劇場では夏期の間『赤毛のアン』のミュージカルが上演されている。

図１　プリンス・エドワード島

図２　キャヴェンディッシュとルーピンズ

図３　ホランド・カレッジ

シャーロットタウンから車で四〇分ほど北西に行くと、モンゴメリの故郷キャヴェンディシュに到着する。『赤毛のアン』では「アヴォンリー村」として登場する。村の中心地の南西に墓地があり、モンゴメリはここに眠っている。以前は、墓地を西へ抜けて行くと、『赤毛のアン』の舞台となった「グリーン・ゲイブルズ」が見えてきたものだった。しかし、一九九七年以降、このあたりは、広大な駐車場が完備され、「グリーン・ゲイブルズ」の周りに「マシューの納屋」など、アンの物語世界を彷彿させる建物を配置し、「モンゴメリ資料館」をはじめレストランやギフトショップまである、ちょっとしたテーマパークに様変わりしている。作品に登場す

図7　恋人の小径

図4　墓地

図5　グリーン・ゲイブルズの居間

図8　お化けの森

図6　グリーン・ゲイブルズ

図9　マクニール農場

図10　キャヴェンディッシュ教会

る「恋人の小径」（Lover's Lane）や「おばけの森」（Haunted Wood）の散策もできる。「グリーン・ゲイブルズ」は、実は、モンゴメリの育った家ではなく、いとこのデーヴィッドの家である。彼女の育った家は、墓地の東側にある母方の祖父母が住むマクニール農場であった。現在はその家の土台しか残っていない。マクニール農場の付近にはモンゴメリがオルガンを弾いた教会、他から移築されたものであるが当時をしのばせる郵便局などがある。

ニューロンドン　キャヴェンディッシュから車で十五分ほど西へ行くとパークコーナーに着く。途中のニューロンドン（当時はクリフトン）にはモンゴメリの生家がある。道端に建つ黄色がかった茶色の小さなこの家の前を通るたびに、幼いモンゴメリはうっとりとしてそれを眺めたものであった。この家は『赤毛のアン』（五章）のなかで、アンの生家「ちいちゃな黄色い家」のモデルとなっている。ここは現在博物館になっており、二階にはモンゴメリが生まれた部屋が再現されている。またモンゴメリの花嫁衣装が展示されており、彼女の威風堂々としたイメージとは裏腹に、実際は小柄な人物であったことがわかる。

図11　キャヴェンディッシュ郵便局

フレンチリバーと『アンの夢の家』　ニューロンドンをさらに西へ、パークコーナーへ行く途中にフレンチリバーがある。モンゴメリが若い頃には河口にロブスターの缶詰工場があった。ここはアンとギルバートの新婚生活が描かれている『アンの夢の家』の舞台となったところである。現在ここには小説からヒントを得て、夢の家が再現され、博物館になっている。ニューロンドン港は作品の中ではフォア・ウインズ港に姿を変えている。

パークコーナーと『銀の森のパット』　パークコーナーにはモンゴメリの父方の祖父をはじめとして彼女の親戚が多く、気の合ういとこも住んでいた。筆者は以前、現在では「L・M・モンゴメリ・ヘリテージ博物

図 13　マゴグ

図 12　モンゴメリ生家

図 14　パークコーナー

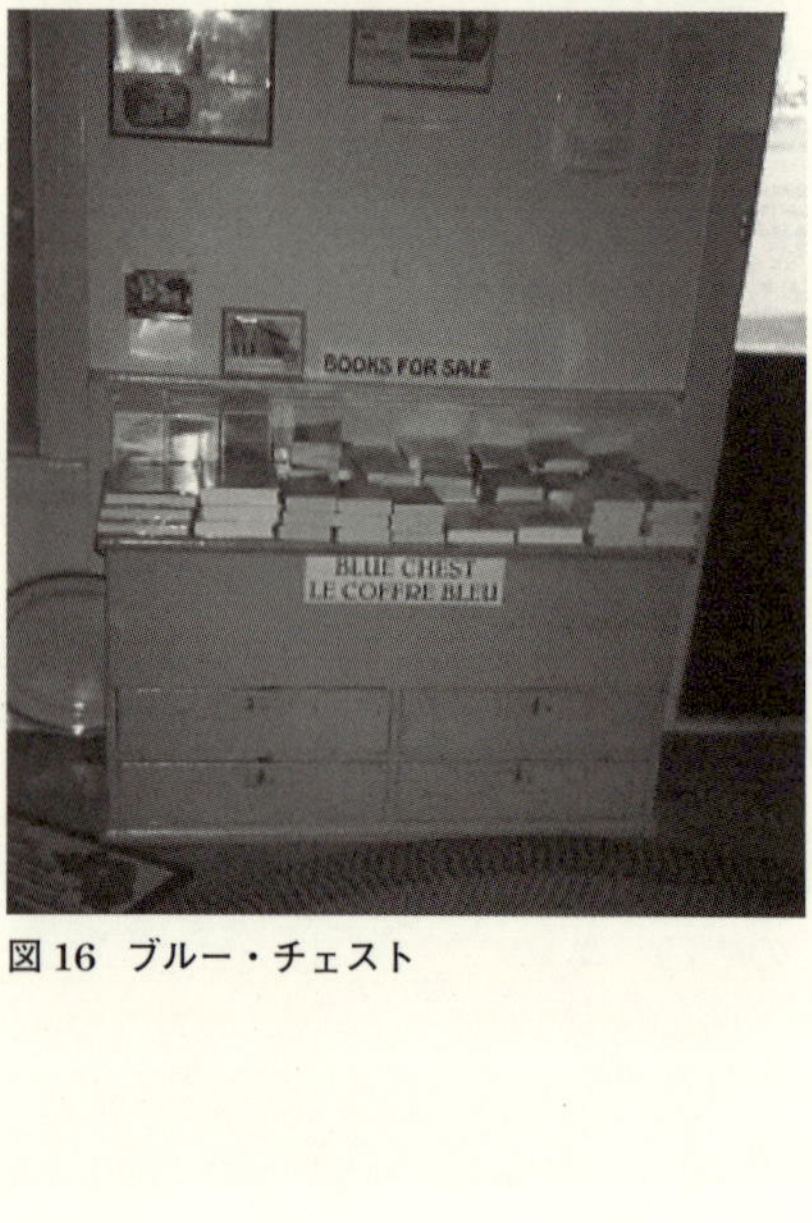

図 16　ブルー・チェスト

図 15　ウエディングマーチを奏でた銀の森屋敷のオルガン

図 17　ハリファックス　墓地にあるライオンのアーチ

図 18　ダルハウジー大学

館」となっているモンゴメリ家で陶器の犬「マゴグ」とフルーツのもりかごを見せてもらったことがある。陶器の犬「ゴグ」と「マゴグ」は『アンの愛情』の中でパティの家の守護神として登場する。

立派な若者に成長したアンとギルバートは『アンの夢の家』の中で、果樹園に囲まれた「グリーン・ゲイブルズ」でめでたく結婚式をあげる。しかし、モンゴメリ自身は自分が育った家で結婚式をあげることは出来なかった。祖母の死後、そこはジョン叔父が相続したからであった。そこでモンゴメリは一九一一年七月五日、母方のアニーおばさんが嫁いだジョン・キャンベル叔父の家「銀の森屋敷」で牧師ユーアン・マクドナルドと結婚式をあげた。『銀の森のパット』と続編『パットお嬢さん』はこのキャンベル家をモデルにしている。「銀の森屋敷」は「グリーン・ゲイブルズ博物館」として一般公開されており、モンゴメリの結婚式でウエディングマーチを奏でたオルガンなど、当時のままに保存されている。なお、「キャンベルの池」は『赤毛のアン』の「輝く湖水」のモデルとなった。現在もキャンベル家に保存されているブルー・チェストは『ストーリー・ガール』の第一二話に登場している。

ノヴァスコシア州

図 19　ハリファックス　デイリー・エコー社か？

ハリファックスと『アンの愛情』

ノヴァスコシア州はプリンス・エドワード島の対岸に位置する州である。「赤毛のアン」は同州のボリングブルック（Bolingbroke）の出身とされている。アンの両親はボリングブルック中学校の教師であった。州都ハリファックスは、大西洋岸カナダの中心都市であり、星型の要塞シタデルのある港町として知られる。近年では一九九五年に先進国首脳会議（サミット）が開催された。モンゴメリは一八九五年に彼の地のダルハウジー大学に学び、一九〇一年にはデイリー・エコー新聞社に勤めた。彼女の若き日の経験は『アンの愛情』に結実している。

この作品の舞台はハリファックスを彷彿させる歴史の古い町「キングスポート」である。ダルハウジー大学をモデルにしたと思われる「レドモンド大学」にギルバートたちと進学した一八歳のアンの大学生生活や恋愛が綴られている。アンは以前から気になっていた「パティの家」を借り、友達と共同生活を始める。現在も町の中心地に残るライオンの石のアーチで有名なオールド・ベーリング・グラウンド墓地は作品中では「オールド・セント・ジョン墓地」に変えられている。ハリファックス湾に浮かぶジョージズ島は、この町を護る頑強なブルドッグのような「ウィリアムズ島」として登場している。

オンタリオ州

リースクデールと『虹の谷のアン』　一九一一年七月五日に結婚し、イギリス、スコットランドへの新婚旅行を終えたモンゴメリは、新婚生活をオンタリオ州のリースクデールにある長老派教会の牧師館ではじめる。ここはトロントの郊外、北東六〇マイルにある。彼女は牧師館の近くのお気に入りの小道を「恋人の小径」と名付け、プリンス・エドワード島を懐かしんだ。この牧師館で執筆された作品の一つにプリンス・エドワード島を舞台とする『虹の谷のアン』がある。グレン村の牧師館に新しく赴任してきた牧師と家政婦に面倒をみてもらっている四人の子どもが登場するこの作品には、リースクデールの牧師夫人としての作者の生活が反映されているかもしれない。

図 20　リースクデール教会

図 21　バラと青い城

バラと『青い城』　大人の読者を対象にして書かれた『青い城』は、モンゴメリの作品の中でも特に自然描写が美しく、彼女が目指していた文学の理想を垣間みることができる。

『青い城』は、美人でもなく、何の取り柄もなく、異性にももてず、家庭でも肩身の狭い思いをしてる二九歳のオールド・ミス、ヴァランシーの恋物語である。余命幾ばくもないと誤診された主人公は、余生を自分の自由意志で生きようと決心する。そこで近所の人々から秘密の過去をもつ悪漢と噂されている謎深い男性バーニー・スネイスに一方的に求婚し、結婚する。二人は自然豊かなムスコーカ湖

図 22　アンのそっくりさん大会

図 23　ランタン丘の家のモデル

の小島にあるバーニーの家で新婚生活を始める。

モンゴメリは、この作品を創作するインスピレーションを一九二二年にトロントの北二〇〇キロに位置するムスコーカ湖付近のバラという避暑地を家族と共に訪れたおりに得ている。現在バラには、モンゴメリをしのぶ博物館があり、毎年「アンのそっくりさん大会」が開催されている。

トロントと『丘の上のジェーン』　リースクデールのあと、モンゴメリ一家は一九二六年にトロントにさらに近いノーヴァルという小村の牧師館に移る。その後、一九三五年夫の退職を機に、モンゴメリはトロント市内のハンバー川に近いリバーサイド・ドライヴ二一〇番地に自宅を購入し、「旅路の果て荘」と名付けた。

そこで執筆された『丘の家のジェーン』は「家探しの物語」と呼んでもよい。この作品の主人公ジェーンの両親は別居している。ある夏、彼女は父親と暮らすために、トロントからプリンス・エドワード島を訪れる。そこで親子は新しく買ったランタン丘に建つ家での生活を楽しむ。そのうちジェーンは、両親の別居の原因を知る。その後、彼女の病気を機に両親は互いの誤解を解き、一家は再び一緒に暮らすことになる。ジェーンは、両親とトロントで暮らすための家を冬の間に見つけていた。ハンバー川近くのレイクサイド・ガーデンズという通りにたたずむ家である。

モンゴメリは常にメモ帳を携え、物語の筋、出来事や登場人物や背景描写のアイディアが浮かぶと、それに書き留めていたという。さらに彼女は克明な日記を残している。メモ帳や日記をめくれば、自分の子ども時代や若き日々、さらに懐かしい故郷へ舞い戻ることができたのである。そのためモンゴメリはプリンス・エドワード島から遠く離れていても、彼の地を舞台とする作品を書き続けることができたのである。モンゴメリの作品舞台を訪れる旅は、彼女の魂に出会う旅なのである。

図24　旅路の果て荘

参照文献

（1）Montgomery, L. M. *Anne of Green Gables.* New York: Bantam Books, 1978.〔村岡花子訳『赤毛のアン』新潮社、一九五四〕

（2）Rubio, Mary and Elizabeth Waterston, eds. *The Selected Journals of L. M. Montgomery,* Vol. 1-5. Toronto: Oxford University Press, 1985-2004.〔桂　宥子訳『モンゴメリ日記一―三（一八八九―一九〇〇）』立風書房、一九九五―一九九七〕

（3）Montgomery, L. M. *The Story Girl.* New York: Bantam Books, 1978.〔木村由利子訳『ストーリー・ガール』篠崎書林、一九八三〕

CHAPTER
3

カナダおよびプリンス・エドワード島の歴史と文化

白井澄子

L. M. Montgomery

カナダの歴史

建国当時　プリンス・エドワード島は広大なカナダの東の端にある一番小さな州であり、緑豊かな地はしばしば「カナダの庭」と呼ばれている。今では、美しい自然と『赤毛のアン』で多くの観光客をひきつけているが、かつては人を寄せ付けない不毛の地であった。

白人がカナダに渡ってくる前、カナダ各地にはさまざまな先住民の部族が暮らしていたが、プリンス・エドワード島には、白人が来る二千年ほど前からミクマク族が住み、この島をアベグウィエト（「平らに横たわる」の意味）と呼んでいた。最初にカナダにやってきたヨーロッパ人は十世紀頃のバイキングであったといわれているが、彼らは永住することなく、今ではニューファンドランドにある住居跡が世界遺産として残されているに過ぎない。その後、大航海時代を迎えると、一五三四年にフランスのジャック・カルティエ一行が、アジアへの航路を探す途中、プリンス・エドワード島に上陸した。しかし、厳しい気候のせいで長くは滞在せず、さらに北上してセント・ローレンス河畔、現在のモントリオールあたりに達し、この土地を、先住民の集落を意味するカナタという語にもとづいてカナダと命名。セント・ローレンス湾一帯をフランス領と宣言した。続いて、一六〇三年にはサミュエル・ドゥ・シャンプレーンがケベックに上陸し、ヌーヴェル・フランス植民地を設立した。一方、一五八三年にはイギリスのサー・ハンフリー・

ギルバートがニューファンドランドをイギリス領と宣言した。その後、一七一三年になるとイギリス人の入植が始まった。彼らはいずれも良質の毛皮と豊富なタラを求めて植民地拡大を目論んでおり、以後二世紀にわたってカナダ東部で、イギリスとフランス、さらにアメリカがからんだ激しい植民地抗争が繰り広げられることになる。

一七世紀になると、フランスは現在のノヴァスコシア、ニューブランズウィック、プリンス・エドワード島に植民地を建設し、植民者たちはこれらの地を、楽園を意味するアカディア（住民はアカディア人）、現在のプリンス・エドワード島をサン・ジャン島と呼ぶようになった。彼らは厳しい気候と壊血病に苦しみながらも困難な開拓生活を続け、独自の生活様式を確立していった。しかし、一七一三年のユトレヒト条約でフランスが敗北し、イギリスがアカディアを支配したときに、アカディア人はイギリスにもフランスにもつかず中立の立場をとったことが、かえって不信感をもたれることとなり、その後も追放の憂き目にあうなど悲劇的な運命をたどる。アメリカの詩人ロング・フェローの長編詩『エヴァンジェリン』は、引き裂かれたアカディア人夫婦の悲劇を歌ったものとして知られている（1―一―五章）。

イギリスの支配　一七五六年、英仏間で七年戦争が起こり、五九年にはイギリス軍がヌーヴェル・フランスを征服。一七六三年のパリ条約において、ヌーヴェル・フランスはイギリスの植民地となった。こうしてイギリス系カナダ人による支配が始まったのである。ケベック（当時はヌーヴェル・フランス）はフランス語圏のままイギリス植民地に含まれることになり、ケベコワ（ケベック人＝フランス系カナダ人）が誕生した。彼らは本国フランスからは隔絶され、イギリス優勢のカナダ社会でフランス文化を維持しながら独自の道を歩むことになる（2―一―四章）。

プリンス・エドワード島では一八世紀半ばにはイギリスが入植を開始。アカディア人やミクマク族を追放して島の名称をセント・ジョン島とした。彼らは荒れた土地と冬の厳しい気候でも育つジャガイモの栽培を始めたことで、比較的安定した生活を手に入れて発展し、一七九九年には島名を、当時のイギリスの王子にちなんでプリンス・エドワード島と改名した。この頃になると、スコットランド、アイルランド、イングランドから続々とイギリス系の入植者が島に到来した（1―六章）。

図１　カナダ連邦結成50周年を記念して1917年に発行された切手。連邦結成の父祖が描かれている

一八四一年、イギリス政府は、それまで分割されていたアッパー・カナダ（イギリス領、オンタリオ）とロワー・カナダ（フランス領、ケベック）を連合カナダとして一つに統合するが、英仏双方の不信感は根強く、統合してもうまく機能しなかった。一方、カナダ西部太平洋側でも、一八世紀後半から一九世紀前半にかけて、イギリスの植民地が作られ始めていた。ここでも関心の中心は豊かな毛皮資源であった。こうして、カナダは東西にまたがる巨大な大陸横断国家として成長を続けるが、全体を統合する必要が出てきた。しかし、先の連合カナダは、統合当初から英仏の民族的な対立を抱えたままで、一つのまとまった組織にはなり得ず、さらにアメリカからの侵略の脅威にさらされ、非常に不安定であった。

連邦結成とプリンス・エドワード島　同じ頃、英領アメリカ植民地からたびたび攻撃をうけていた、カナダ東部沿海にある三つの英領カナダ植民地（ニューブランズウィック、ノヴァスコシア、プリンス・エドワード島）も勢力の統合強化を考えていた。そこで、連合カナダはこの三植民地に呼びかけて、一八六四年に連邦結成にむけて初の話し合いを行った。このとき「連邦結成の父祖」が集合し、歴史的に重要な会議の舞台となったのがプリンス・エドワード島のシャーロットタウンであった。さらに彼らはケベック・シティに場を移して、連邦結成に向けての話し合いを続けたが、独自性にこだわるプリンス・エドワード島の島民は、有利な条件が見当たらないとして、連邦への参加を拒否した。この独立独歩の姿勢は島民の心意気と団結心を示すものとして今でも語り草になっている（２―四章）。

一八六七年、ついにニューブランズウィック、ノヴァスコシア、ケベック、オンタリオの四州のみが参加して連邦が結成され、カナダは自治領となった。しかし、自治権は手に入れてもカナダはその後も長い間イギリスの配下にあって、さまざまな面でイギリス色が強く、しばしば「大英帝国の忠実な長女」と言われるのはこのためである（カナダが正式にイギリスの植民地でなくなるのはカナダ憲法が認められた一九八二年のことである）。初代首相のジョン・A・マクドナルドは、未熟なカナダは「まだ軟骨状態」であり、政治、経済などすべての面での強化が必要だと考えていた（２―五章）。一方、初めは連邦への参加を拒否していたプリンス・エドワード島だったが、島内の鉄道建設で生じた多大な債務に苦しむことになり、連邦が債務を負うことと引き換えに一八七三年に七番目の州として連邦への加入を決めた。このとき、連邦加入の決断を下さなければ、プリンス・エドワード島はアメリカ側に組み込まれ、対カナダ軍事基地にになる可能性もあったのである（1—十章）。

新しい国カナダ　モンゴメリが生まれた一九世紀末は、カナダが大英帝国から自立して国家として独自の道を歩もうとする機運が高まりつつある時代であった。一八九六年にフランス系カナダ人として初の首相になったウィルフレッド・ローリエは、イギリス系とかフランス系という対立を超えた、両者の協調こそが一つの国を造るうえで大切だと訴え、ナショナリズムをかきたてた（2—六章）。

二〇世紀初期になると、カナダは小麦の生産高が伸び、国としても順調な成長を見せ始めた。また、成長著しい希望の国カナダを目指して、ヨーロッパ各地やアメリカから多くの移民が押し寄せ、再び移民ブームが起こった。文化面での成長も目覚しく、文学でも「明確にカナダ的な文芸」を目指して文芸誌『カナディアン・フォーラム』が一九二〇年に刊行されるなど、カナダらしさを意識した作品が生まれるようになった。『赤毛のアン』（一九〇八年）はこのような新時代の黎明期に書かれたのであった（2—六章）。

第二次世界大戦後はカナダの国力も充実し、国際的な地位も高まり、一九五〇年代には福祉や医療面での充実が世界の注目を集めるほどになる。一方、ケベック州のフランス系カナダ人は旧態依然とした社会を引きずっていたが、一九六〇年代になると、芸術家らが中心となって、自分たちの独自性の再認識と近代化を呼びかける「静かな革命」が起こった（2—八章）。これは、現在も続くケベック・ナショナリズムとケベック離脱問題にも発展していく。カナダ政府は英仏双方を立てる形で、一九六九年に英語とフランス語を公用語とするバイリンガル政策を打ち出し、さらには、移民や先住民と共存するための方策として一九七一年には多文化主義を採択した。一八世紀以来、圧力をかけられてきた先住民の権利や地位も徐々に回復されてきているが、まだ道のりは遠い。

プリンス・エドワード島は、タラやロブスターの漁業、農業、造船業を主産業として経済的な発展を続けていたが、二〇世紀になると帆船の衰退により、造船業は不振に陥った。さらに、カナダ政府が西部やプレーリー地帯での大規模農業などに力を注ぐようになったことで、一九六〇年頃にはカナダ発展の本流から取り残された形になった。このことは、後述するように島の教育にも深刻な打撃を与えることになる。

しかし、二〇世紀後半になると、荒々しいカナダの自然とは異なる、島独特の美しい田園風景が注目を集めるようになり、世界的に有名な『赤毛のアン』の舞台を訪れる人々も急増して、観光業が島の産業の目玉になった。かつては、不毛の土地として入植者を寄せ付けなかった小さな島は、今ではリゾート地として熱い視線を向けられている。

カナダの社会

図2　20世紀初期にカナダへの移民を勧誘してイギリスを巡回した宣伝カー

多文化国家　カナダでは植民地時代以降、第一次世界大戦後、第二次世界大戦後にも移民ブームが起こり、ヨーロッパやアジアからの大量の移民が入ってきた。二〇世紀初期に日本から渡った移民も多く、ブリティッシュ・コロンビア州には日本人町ができるほどだった。しかし第二次世界大戦中には、カナダ人として育った日系カナダ人は敵国人として強制収容所に送られた。この悲劇を文学作品として描いたのがジョイ・コガワの『失われた祖国』である（カナダ政府が謝罪、補償、名誉回復の措置をとったのは一九八八年になってからである）（2―七章）。

多種多様の移民を受け入れてきたカナダは、一九七一年以来、政策として多文化主義をかかげてきたが、異なる民族がそれぞれの民族性や文化を生かしながら一つの国としてまとまることは、容易ではないようだ。たとえば、ケベック在住のフランス系カナダ人は長年にわたって分離独立を叫び続けている。一九九五年には独立か留まるかをめぐる国民投票が行われ、このときは、留まるほうに軍配があがったが、こうした動きはカナダに常に緊張感を与えている。また、先住民の問題も深刻である。かつてはカナダ全土に住んでいた先住民は、白人によってもとの生活圏を追われた。イヌイットのように領土権を主張して一九九九年にヌナブト準州を獲得した例もある（3―七章）。しかし現在でも、白人中心社会の中でアジア系移民や先住民は差別や迫害を受けるなど、社会的に不利な立場に置かれることが多い。

民族と言語の問題も大きい。カナダは一九六九年に英仏二カ国語を公用語として以来、国語教育をはじめ大がかりな言語政策を展開している。しかし、さまざまな言語圏からの移民への対応に苦慮するなど、言語を通じての国家統合への挑戦は今後も続くと思われる（4—七章）。

プリンス・エドワード島では、植民初期の頃に入植したフランス人（アカディア人）は、ミクマク族から生きのびる知恵を借りるなどして彼らと共存していたが、その後、島を征服したイギリス人は、先住民とアカディア人を追放したため、彼らの人口は激減した。その後、スコットランドからの移民が宗教をはじめ母国の生活文化を定着させて、現代に至っている（1—四章、一九章）。

二〇〇一年国勢調査によると、プリンス・エドワード島の総人口約一三万三〇〇〇人に対して、イギリス系約一二万五〇〇〇人、フランス系約五六〇〇人、先住民約二〇〇〇人である。カナダ全体の人口では、総人口約二六九四万人に対して、イギリス系約一七三五万人、フランス語系約六七〇万人、その他約五二〇万人であり、カナダ全体が多文化化の傾向にあるのに比べて、島は今でも圧倒的にイギリス系の人口が多いことがわかる（5）。

宗教　カナダにおける宗教の歴史は、先住民各部族のアニミズム信仰に始まるが、その後は、英仏による植民地抗争の歴史と連動した、カトリック対プロテスタントの対立の歴史ということができる。一七世紀に、まずフランスが植民地を築いた時、多くのカトリック信者が入植した。彼らは先住民をカトリックに改宗させようとしたが失敗。続いて、イギリスが東部沿海地域に植民地を築くと、こんどはプロテスタントの人口が急増した。

一七五九年にヌーヴェル・フランスが陥落し、イギリスの力が強まるにつれてプロテスタントである英国国教会の力が優勢になった。しかし、スコットランドからの移民が増えたことで、同じプロテスタントでも長老派が急増。勢力は逆転した。一方、フランス系カナダではカトリック教会が政治・文化の中心的役割を果たしていたが、非常に保守的であった。

一九世紀末には、イギリス系カナダのプロテスタント社会でも複数の宗派が平等のものとして共存するようになるが、二〇世紀初期の移民ブームにより、さらに種々の宗教が入ってきたため、第二次世界大戦後には、これまでのキリスト教に偏った法律も改正されるようになった。同様のことが保守的であったカトリック社会でも起こり、一九六〇年代の「静かな革命」以降、教会の影響力は減少し、社会全体がリベラルな方向に進み始めた。

二〇〇一年の人口調査によると、宗派による人口比率は、カナダ全人口のうち、クリスチャンが約七二%を占め、そのうちカトリックが四三%、プロテスタントが二九%である。信仰を持たない人口は一六%となっている。一〇年前の調査に比べると、クリスチャン人口は八%減少し、それに変わって無宗教人口が約四%増加。その他の宗教として、イスラム教、ヒンズー教、仏教などの信者数が、一九六〇年代以降の移民数の上昇と比例する形で増加している（6）。地域差などはあるが、多文化主義政策をとるカナダが、明らかに宗教的にも多様化していることがわかる。

スコットランド系移民が多いプリンス・エドワード島では長老派教会の信者数が多く、一八〇九年に最初にキャヴェンディッシュに組織されたのも長老派教会であった。一九世紀頃はプロテスタントとカトリックが勢力を二分しており、キリスト教各派の勢力争いが学校教育にまで影響を及ぼすほど、信仰は人々の生活を左右した。一方、同じプロテスタントでも英国国教会派と長老派の間にも摩擦があった。長老派についてはモンゴメリの作品にも頻繁に登場し、彼女自身も長老派の牧師と結婚しているが、長老派は安息日の日曜日をきちんと守るなど、自らを律する厳しい信仰生活を送り、他人にも厳しい批判の目を向けたといわれている。熱心な布教活動を行い、海外伝道や婦人会の活動も盛んで、新しい牧師を決めるときには試験期間を経て、信者による投票で決めるなど、進歩的な面も持っていた（7―二四二―五頁）。スコットランドへの愛国心と強く結びついた長老派教会ではあったが、時として他の宗派を受け入れない、頑なな姿勢が宗派を超えた付きあいを難しいものにしてきた。こうしたことが、現代人の感覚に逆行すると考えられたのか、現代ではカナダ全体の長老派の人口は一九九一年の調査から二〇〇一年の調査までの一〇年間にほぼ半減している。

教　育　カナダは優れた教育制度をもち、大学教育を受けた成人の人口比も先進国中のトップクラスに属する。その教育行政は各州の自治に委ねられており、各州の地域性、歴史、文化を反映した教育制度が展開されている。概ね義務教育は五、六歳から一五、六歳までだが、六・三・三制のところもあれば、七・五制のところもある（8）。

図３　19世紀末のワンルームスクールの児童たち

歴史を振りかえると、言語や宗教が教育に大きな影響を与えていたことがわかる。カナダにおける最初の教育施設は移民してきたフランス人宣教師によって開かれ、続いてイギリス系の学校ができた。その後、フランス語圏、英語圏それぞれが学校制度をもつようになり、一八四一年には両者を統一する教育法が成立した。ところが異なる文化圏の教育制度を統一することは困難であることが判明し、数年後には別々の教育法が制定されることになった。一八六七年のカナダ連邦成立時には、教育制度が各州の自治に委ねられることが決まった。当時のカナダではプロテスタントやカトリックなどのキリスト教の宗派が、教育内容や学校の運営に大きな影響力をもっていた。ところが、一八九〇年に起こったマニトバ学校問題（州政府がフランス語によるカトリック分離校への補助金を廃止したために起こったカトリック教徒からの猛反発）がきっかけで、宗教、教育、言語の問題が絡みあった国家レベルの大論争へと発展した。現在ではどの州でも教育から宗教色を払拭する傾向が強まっている。

大学教育が始まったのはカナダへの移民が始まってまもなくの頃である。最初に設立された大学は一六六三年にケベック州に作られたカトリック系のラヴァル大学であった。プロテスタントも一七八九年以降トロントなどに大学を設立し、イギリスの大学の伝統にのっとった大学教育をめざした。こうして一八六七年の連邦結成時までに一七の学位授与高等教育機関ができたが、そのほとんどが宗教団体によるものであった。現代では公立の大学は宗教的に中立の立場をとっている（2—二〇七頁）。

プリンス・エドワード島では、開拓当初から教育には関心が強く、裕福な家庭の子どもは島外の寄宿学校で学ぶか家庭教師をつけた。しかし、一般の入植者の子は貴重な労働力であり、一八二五年に島に学校が作られるまで正規の教育を受ける機会がなかった。当時の学校は、教育内容も教員もお粗末で、子ども達は農繁期には家業を手伝うために、長期間学校を休むことが多かった。一八五二年、無償教育法が通り、五歳以上の子どもはたとえ家が貧しくても、初等教育だけは受けることができるようになった。当時の学校は小規模なワンルームスクールで、一つの教室で学年の異なる生徒が同時に学んだ。しだいに、学校は人々からの理解と支援をうけるようになり、学校は教会同様、地域の中心となっていった。しかし、島でも宗教にからんだ問題があった。当時の人口比はプロテスタントとカトリックがほぼ半々であったため、教育方針の対立が起こり、公立学校で聖書を教えるかどうかといった問題にまで発展したのであった。政府は一八七七年に制定された学校条例で、公立学校は非宗教的であるべきだとした（9―四三〇―四頁）。

しばらくは順調に運営されたプリンス・エドワード島の学校であったが、一九二〇年代になると、設備、教員の質や給与、教育水準など、あらゆる面においてカナダ本土に大きく遅れをとるようになった。特に高等学校の欠如は大きな問題であった。初等教育終了後に中等教育を受けるためにはシャーロットタウンの高校に行くか、他の州に行くしかなかった。このような状況が改善されたのは一九七〇年代になってからであった。

大学に相当する高等教育機関は一八三〇年代に作られた二つの学校があったが、さまざまな論議を呼びながらも、一九六九年にプリンス・エドワード島大学として統合された。モンゴメリが進学したのは、プリンス・オブ・ウェールズ・カレッジで、当時は教員養成のための短期大学であった。このカレッジも、最初は男子に伝統的な教育を授けるものだったが、一八七九年に師範学校を統合したときに、女性も教育を受けられるようになったものであった。それでも、当時は男子に比べて女子の教育の機会はきわめて少なかったのである（1―一六九―一七一頁）。

女性の地位　教育以外でも女性の立場は弱かった。開拓当時には、人々は男性女性の区別なく開拓の労働や農作業に従事したが、近代化が進むに連れて男女の分業が行われ、しだいに女性は男性のサポート役に転じるようになった。たとえ男女が同じ職業についたとしても、女性は賃金が低く押さえられていた。しかし、一八七九年代、カナダの工業化にともなって労働者の労働条件改善への動きが高まるとともに、女性も権利と自由を求める声を上げはじめた。当時は既婚女性の権利はほとんど無に等しく、妻の収入も含め、家庭の財産はすべて夫が管理しており、妻は夫に従わざるをえない状態だったのである。特にカトリックが主流のケベック州では、ごく最近にいたるまでこの傾向が強かった。教育の機会も男女不平等で、女性で高等教育を受けることができたのは限られた人々であった。モンゴメリもそうであったように、教師や看護師など、女性は限られた職業につくための専門教育を受けることが主だった。皮肉にも女性にさまざまな職業の門戸が開かれたのは、第二次世界大戦中、男子が出征していたときであった。

参政権についても女性は遅れをとっていた。一八九〇年のカナダにおいて、選挙の有資格者とされたのは、インディアンは含むが、モンゴル系、中国系を除くすべての成人男性であり、女性、精神異常者、前科者は除外されていた（1—一八七頁）。一九世紀後半には女性の社会進出も進み、初の女医、女性代議士らが誕生した。モンゴメリと同時代の女性でカナダ女性解放運動家のパイオニアとして活躍したネリー・マクラングは、婦人参政権運動に尽力し、彼女が育ったマニトバ州はカナダで最も早く、一九一六年に婦人投票権を獲得した。

プリンス・エドワード島では、全ての女性に選挙権が与えられるようになるには長い時間がかかった。一九一六年に女性の地位向上をめざすグループが「婦人自由クラブ」を結成。マニトバと同様の選挙権と男女平等権を求めて活動を展開した結果、一九一七年に、まず軍隊に親戚のいる女性に選挙権が与えられた。しかし、無理解な男性との戦いは長引き、二一歳以上のすべての島の女性に選挙権が与えられるようになったのは一九二二年であった（1—一八七頁）。

面白いことに、女性の地位向上のために活動した女性たちは禁酒運動と強い関わりをもち、積極的に禁酒運動の推進に努めた。禁酒運動はプリンス・エドワード島が発祥の地であるといってもよく、開拓時代に酒場ができて、酔っ払いが多くなったため、一八三一年に長老派の牧師が禁酒協会を設立したのが最初だった。これにならって、さまざまな禁酒組合ができたが、宗教や婦人参政権運動と結びついた、女性による禁酒運動が盛んに進められたのであった。プリンス・エドワード島はカナダで最後まで禁酒法を維持していた州である（一九四八年に解除）（2—二三三頁）。

現代のカナダにおいて、白人女性の権利は改善され、欧米先進国との格差はないといってよいだろう。しかし、移民や先住民の女性については、民族的な差別と女性差別という二重の差別が女性の社会進出を阻んでいる状況がないわけではない。

奇跡の国カナダの今後

長年、イギリスの支配下にあって、帝国の忠実な長女と言われ、また現代においては、隣接する大国アメリカから、経済、政治、文化面など多岐にわたる影響を受け続けているカナダが、英米とは異なる文化や思考を育み、独自の道を歩んできたことは奇跡だといわれている。カナダ人が、しばしばカナディアン・アイデンティティということを話題にして、カナダらしさを意識しようとしてきたことが大きく作用しているのだろう。一方で、多民族が共存するカナダはモザイク社会と言われ、一枚岩ではない社会が抱える問題に常に直面している。カナダはこうした状況をうまく乗り切るために、個人も社会も優れたバランス感覚を発揮してきたのではないだろうか。多くの国で多文化化が進む現代において、カナダがこれまでに経験してきたさまざまな事例は大いに参考になるだろう。現在も移民が増え続け、多民族・多文化化に一層拍車がかかるカナダの今後も注目されるところである。

参照文献

（1）ダグラス・ボールドウィン／木村和男訳『「赤毛のアン」の島』（河出書房、一九九五）
（2）木村和男編『カナダ史』（山川出版、一九九九）
（3）吉田健正『カナダ20世紀の歩み』（彩流社、一九九九）
（4）関口玲子、浪田克之介編著『多様社会カナダの「国語」教育』（東信堂、二〇〇六）
（5）Statistics Canada. "Population by mother tongue, by province and territory (2001 Census)." http://www40.statcan.ca/101/cst01/demo11a.htm
（6）Statisutics Canada. "Religions in Canada." http://www12.statcan.ca/english/census01/Products/Analytic/companion/rel/canada.cfm
（7）テリー神川『「赤毛のアン」の生活事典』（講談社、一九九七）
（8）カナダ大使館「カナダと教育」。http://www.canadanet.or.jp/about/education.shtml
（9）Doody Jones, Mary E. "Education on P. E. I." Wendy E. Barry, Margaret Anne Doody, and Mary E. Doody Jones, ed. *The Annotated Anne of Green Gables.* New York: Oxford University Press, 1997. 430–4.

COLUMN

主な登場人物

グリーン・ゲイブルズの人々

マシュー・カスバート　グリーン・ゲイブルズの家長。マリラの兄。内気で女性が苦手だが、アンを愛し、よき理解者となる。

マリラ・カスバート　マシューの妹。グリーン・ゲイブルズの家事一般を取り仕切る。厳格で、アンの躾にも厳しい。

アン・シャーリー　孤児院からグリーン・ゲイブルズに引き取られる。さまざまな困難を乗り越え、次第に老兄妹の慰めとなる。

アンをめぐる人々

レイチェル・リンド夫人　アヴォンリーの出来事ならなんでも把握している存在。はっきり物を言う性格であるが、概して世話好き。最初はアンと対立するが、次第にそのよき理解者となる。

ダイアナ・バーリー　グリーン・ゲイブルズの近所に住むアンの学友。腹心の友となる。

ギルバート・ブライス　アンの学友。賢く、アンと常に成績のトップを競う。アンの髪の毛の色をからかった石盤事件以来、アンとは絶交状態が続くが、内心では仲直りを願っている。

ミス・ステイシー　アヴォンリー学校のアンの担任教師。アンの才能を見出し、クィーン学院への進学を勧める。アンの憧れの教師。

あらすじ

孤児院に暮すアン・シャーリーは、十一歳の誕生日を前に、スペンサー夫人の口ききで、プリンス・エドワード島のアヴォンリーへもらわれて行くことになった。そこでは、「グリーン・ゲイブルズ」に住むマシューとマリラという老兄妹が男の子を孤児院から引き取る心積りをしていた。齢を重ねたマシューに農作業の手伝いが必要だったからである。

ところが、やって来たのは赤毛で、そばかすだらけの痩せた少女であった。翌日、マリラがスペンサー夫人を訪ねると、手違いのあったことが判明する。折りしもブリュエット夫人が手伝いの女の子を探しているというので、アンを回そうという案も出るが、マリラは人使いの荒い夫人の元へ少女を送る気になれない。結局、自分の手元に置いて育てることにした。

アンは元気で、おしゃべりで、想像力の豊かな子だった。しかし、失敗も重ねた。自分を「赤毛」と呼んだ隣家のレイチェル夫人にひどい癇癪をおこしたり、「にんじん」とからかった学友ギルバートの頭を石盤でたたいたり、行商人から買った毛染で髪の毛を緑色に染めてしまったりする。一方、こうした事件の一つ一つが、老兄妹にこれまでの二人だけの暮しでは味わえなかった生活のはりを与え、少女は何時しか、彼らにとり、掛け替えのない存在となって行く。

恋人の小径、スミレの谷、輝く湖水をはじめ、島の美しい自然に囲まれながら、アンはすくすくと成長する。十五歳になると、教員免許取得のため、クィーン学院を目指して受験勉強を始める。そして、トップの成績で合格する。卒業間近には、奨学金を得てレドモンド大学への進学が約束されていた。

しかし、喜びも束の間、マシューの突然の死やマリラの目が不自由になったことが、アンの運命をすっかり変えてしまった。アンは大学進学をあきらめ、教師をしながらマリラの世話をしようと決心する。事情を知ったギルバートは、彼女が自宅から通えるように、自らが教えることになっていた勤務先の学校を譲ってくれる。アンは石盤事件以来のいがみ合いをすっかり水に流し、彼と仲直りするのであった。

（桂）

「さあ、家まで送っていこう」『赤毛のアン』第38章
（M. A. and W. A. J. Claus 挿絵、1908）

II

『赤毛のアン』の魅力

心に残る名場面

But Matthew, who had been sitting mutely in his corner, laid a hand on Anne's shoulder when Marilla had gone out.

"Don't give up all your romance, Anne," he whispered slyly, "a little of it is a good thing —— not too much, of course —— but keep a little of it, Anne, keep a little of it."（Chapter 28）

日本語訳

しかし、それまで黙っていつもの自分の場所に座っていたマシューは、マリラが行ってしまうと、アンの肩に手をおいて言った。「ロマンティックな想像をすっかりやめてしまってはいけないよ、アン」マシューは悪戯っぽく耳打ちした。「ちょっとならいいんだよ——もちろん、あんまり多すぎてはいけないが——だが、ちょっとは残しておくんだ、ちょっとはな」

解説

アーサー王物語に登場する悲劇のヒロイン、エレーン姫を真似た舟遊びをして、あやうく溺れそうになったアンの危機に、マリラは自分でも驚くほどアンへの愛情を強く意識し、その反動からロマンティックな想像もほどほどにするようにと厳しく忠告してしまう。引用部分は、マリラが立ち去った後、「想像をやめてはいけないよ」とアンにこっそり耳うちするマシューの様子を伝えている。マリラとマシューはアンの成長にとって大きな存在だが、特にマシューは、はにかみやという表向きの人物像とは裏腹に、アンのさまざまな夢をかなえる援助者である。見方を変えれば、少女の成功を後押しする物分りのよい父親の役目を担っているともいえるだろう。

CHAPTER 4

少女小説・青春小説としての『赤毛のアン』

赤松佳子

少女小説・青春小説の古典

L. M. Montgomery

『赤毛のアン』（以下『アン』）は、多義的に読み解くことのできる作品であるが、まず、考えられるのは少女小説としての側面である。そもそも少女小説とは、主人公が孤児もしくは孤児に近い存在の女の子であり、その成長を描いている作品で、主として一九世紀の終わりから二〇世紀の初めにかけての児童文学黄金時代に書かれた小説のことを指す。まさにこの時期の一九〇八年に刊行された『アン』は、アン・シャーリーという孤児の少女を主人公としており、十一歳から十六歳になるまでの成長を描いているという点で少女小説と呼ばれるにふさわしい。少女小説は、主人公と保護者との関係を描くため、家庭小説と呼ばれたり、主人公の成長過程での学校生活をも描くため、学校小説の範疇でも捉えられたりする。また、大人と子どもの狭間にある時代を取り扱うため、思春期小説とか青春小説と呼ばれることもある。『アン』は、これらのジャンルにまたがる作品でもあるのだ。

アメリカの作家マーク・トウェインが『アン』を読んで作者L・M・モンゴメリ宛にファン・レターを送り、アンを「『不思議の国のアリス』以来の愉快な、最も愛らしい子ども」と評したことはよく知られている。永遠の少女としての魅力があることを指摘したものだが、シャーリー・フォスターとジュディ・シモンズによれば、この作品が児童文学だという側面を強調した批評であり、見下すような評価の発端になったものとして両義的に捉えられる（1―一五一頁）という。『アン』は、出版直後にベストセラーとなり、子どもだけでなく大人にも支持された。モンゴメリは、日誌（日記）(2) の中で子ども向けの「あんなささやかな作品」がこんなに受けるとは思わなかったという謙遜を綴ったり、「子どものために書いたのではない」と、書いたりしている。散見される『アン』の虚実の解説以外にも作者の経験や見解が小説に反映され、等身大の少女像として結実したことが窺える。

一九一〇年、前年に出版社の要請に応えて第二作『アンの青春』を発表していたモンゴメリは、ボストンで『リパブリック』紙の記者インタビューに次のように答えたという。「いいえ、私は続編としてのアンの恋物語を書きたくありません。アンをいつまでも今のままに――少女のままに――しておきたいのです」。作者が恋を主題としない、思春期の少女の物語の執筆にこだわっている点は、注目に値しよう。

教育や出版の普及により、性別や年代によって本棚が分かれるようになると、『アン』といえば少女を主人公とし、もっぱら少女を読者に想定した作品と考えられるようになっていくが、世紀が変わっても少女小説・青春小説の古典として『アン』は生き延びてきた。そこには作者が意識する以上に読者が発見した魅力があったと推測できる。

男の子を望んでいた家

不思議な女の子　「年老いた兄妹が農場の手伝いをしてくれる男の子を孤児院から養子に貰おうとしたところ、手違いで女の子が来た」という事件をめぐって『アン』の前半は進展する（実は、本作品でとりわけ面白いのは、この最初の一年間を扱う部分である）。家の外へ出て行く少年の冒険と違って、少女の試練は家や共同体への帰属の問題と関わるものである。だが、ジェンダーの問題に目を向ける前に、主人公が逆境を越えて成長するという、一九世紀に多く書かれた教養小説の設定と同様の、「孤児」という設定にまず注目しなくてはならない。

一九世紀から二〇世紀はじめには孤児が多く生まれたという社会問題が存在し、孤児たちは、イギリス

図1　孤児を扱った短編集『アンの仲間たち』

図2　男の子を待っていた家にアンが到着する（Page版　34刷　M. A. and W. A. J. Clausによる挿絵）

からアメリカやカナダに送られてもいた。『アン』を書いていた一九〇五年当時、モンゴメリも、五年前に父を亡くして文字どおりの孤児になっており、主人公に深い思い入れを抱いていたと思われる。作者は「孤児に温かい家庭を見つけてやる」という短編の習作を何度も書いており、リー・ウィルムズハースト編の『アンの仲間たち』（3）（図1）にそのさまざまな形を見ることができる。しかし初めての長編である『アン』は、主人公の人間性に創意工夫を凝らした点で際立っている。孤児であるゆえに見習うべき規範をもたないアンは、読書によって培った自意識、過剰とも言える想像力、そして止めどないおしゃべりによって自らを支えている不思議な女の子として登場する。他方、そばかすだらけで痩せていて赤毛コンプレックスのある、身体的な魅力を欠く子どもでもある。しかし、子どもを生来、無垢な存在と捉える作者によって、アンは「妖精のような、この世のものではない雰囲気」（4—四一二頁）を失わない少女になっている。伝統的に赤毛は癇癪持ちを表しながらも、魔女を連想させ、神秘と関わる要素なのだ。

孤児の少女アンは、プリンス・エドワード島のアヴォンリー村にあるグリーン・ゲイブルズという屋号の家に誤って連れてこられ、この状況の中で生き延びていくことを否応なしに迫られる。この逆境の中でアンの未来を切り拓いたのは、彼女の人間的な魅力であった。家へ向かう道中、よそ者のアンは、生まれながらの島民であるマシュー・カスバートに美しい風景への感動を語り、想像力を刺激されておしゃべりを続け、その話に女性が苦手な彼は心踊る思いを味わう。リンゴの並木道を「喜びの白い道」に、バリーの池を「きらめく水の湖」と名づけ直し、平凡なものを特別なものに変える、名づけという魔法を示してみせるのだ。属する家ができたことを喜ぶ気持ちを反映したアンの名づけに、アンを「面白い子」と認めたマシューは、「男の子」の手伝いを求めていたはずなのにアンを引き取りたいという気持ちになる。一方、実際的な性格ゆえに、花や木に愛称をつけたがるアンの嗜好が理解できないマシューの妹マリラは、すぐに兄に同意はしない（図2）が、やがて同情からアンを引き取ることに決める。こうして互いに名前（ファースト・ネーム）で呼び合う家族が生まれるのである。

成長し合う家族　『アン』は一八九〇年代のカナダ沿海州の農村を背景にしていると言われているが、その社会は男女の役割がはっきり分かれていた。養母の役割を果たすことになったマリラは、宗教教育をし、裁縫や料理という家事をアンに仕込むことが養育であると考えており、畑仕事の手伝いなどをさせたりしない。一方、当のアン自身も男の子になりたいと思ったりせず、むしろ女の子らしい女の子になることに努めるのだが、空想に耽りすぎて現実を忘れるため、なかなか上手くいかない。パッチワークはアンにとって「想像の余地がなく」、料理の最中に他のことを考えて失敗もする。初対面で容姿をけなしたリンド夫人にアンは、癇癪を起こして言い返し、結局お詫びをしなくてはならない羽目になる。しかし、アンは徹底的に謝罪をすることで罰を楽しみに変え、心から謝りながらも「おばさんにわたしが言ったことも本当でした。でもそれは言ってはいけないことだったのね」（二〇章）という言葉を潜ませて溜飲を下げる術を知っている。そして謝罪をするたびに理解者を増やすのだ。

『アン』という小説の中で心身ともに成長していくのはもちろん主人公のアンであり、空想のコーディリア姫よりも「グリーン・ゲイブルズのアン」でいることが何よりも素晴らしいことを学んでいく。なかなか克服できなかった赤毛コンプレックスは、赤毛を黒に染めるつもりで緑にしてしまい、ついに断髪にならざるをえなかった事件を機会に解消されていく。アンは、神から与えられた赤毛のままで自分らしくあることが大切だと悟るのである。そして、言葉の抑制の大切さを認識し始めもする。やがて苦手の家事も難なくこなせるようにもなっていく。一方、アンの突拍子もない言動に一喜一憂することになるマシューとマリラの兄妹も、精神的な成長と呼べる変化を遂げる。アンと言葉を介さなくても分かり合える絆を結んだマシューは、褒めて励ます力を示すようになり、絶対の信頼をアンに寄せることで「同類」としてアンの心の支えとなる。いつも「同情的」な彼は、厳格なマリラが認めないコンサートにアンを行かせる配慮をしたり、アンの憧れだったパフスリーブのドレスをプレゼントする心遣いをしたりするようになる。ロマンスを全くなくしてはいけないと助言もする。何より、アンの勉学での進歩を喜んで「十二人の男の子よりもおまえ一人のほうがいいよ。（……）わしの娘、わしの自慢の娘」（三六章）という愛の言葉を語るようになるのである。マリラは、アンのためを思うあまり「批判的」な態度で接することが多いが、アンの失敗に思わず笑いを誘われ、ユーモア感覚を開拓されていく。そして他の少女とは違う要素を持つゆえにアンを愛しい存在だと認めるようになる。全知の語り手によって読者は、マリラが母性を培っていく様を、アンが知るよりも先に理解することになる。マシューの亡くなった夜、泣きじゃくるアンをマリラが慰めて言う「おまえを肉親のように愛している」（三七章）という言葉は、マシューの愛の言葉に劣らず感動的である。女の子のアンは、男の子ではなしえない心の豊かさを養父母にもたらしたのだ。三人は、互いに成長し合うことで堅苦しい家を心休まる我が家にしていくのである。

少女としての青春

ダイアナとの友情　アンがグリーン・ゲイブルズの家の一員になり、アヴォンリー村という共同体の中で暮らしていく上で重要なのは、ダイアナ・バリーという同い年の少女との温かい関係である。目も髪も黒く、バラ色の頬をしてえくぼのあるダイアナは、アンの憧れの容姿をしている。月と狩りの女神の名前をもつという点でも、アンの憧れだ。また、両親と幼い妹がいる、恵まれた家庭の女の子である。ダイアナに初めて会ったその日に、アンは「心の友」になる誓いを交わすことを提案し、バリー家の庭で二人は厳かな宣誓を行う。読書好きで歌が得意なダイアナは、アンの奇抜な提案や空想を面白がるが、その性格は実際的でアンとは正反対である。しかし、二人は学校や放課後の戸外で共に学び、遊んで、影響を与え合う。

グリーン・ゲイブルズに来る前のアンは、友達もなく、本棚のガラス扉に映る自分の姿や木霊に名前をつけて空想の友達を作って、話しかけていたという。アンの絶え間ないおしゃべりは、孤独の裏返しだったのかもしれない。生きた友達を持つことは、健全な成長の上でも必要なことであった。女の子らしくあることに葛藤を覚えないダイアナと共に過ごすことによって、アンは社会から期待されるジェンダー役割を学ぶとも言えるが、その過程には常におかしな失敗が発生している。たとえば、アンがダイアナをお茶に招待したときには、間違ってスグリのワインを飲ませて酔っ払わせてしまい、お茶会どころではなくなってしまう。この事件を機会にダイアナの母バリー夫人に二人の交際は禁じられてしまうのだ。しかし、二人の友情は障碍をもってかえって深まり、アンははじめて友人から愛され、友人を愛する喜びを知ることになる。やがてダイアナの妹が両親の留守中に喉頭炎にかかり、アンがその窮地を救うことをきっかけに交際は許される。ダイアナは、アンがアヴォンリー村の中で人間関係を広げる潤滑油のような役割を果たすのである。

アンは、ダイアナが実は平凡で享楽的な面をもつことを理解しつつも、想像力を分かち合うことで彼女と合い補う関係を保つ。アンがホテルのコンサートで朗読をするとき、着付けの助言をするのはダイアナ（図3）であり、アンはダイアナの意見を尊重している。しかし、クィーン学院進学という岐路に立ったとき、はじめて二人の違いが明確になる。ダイアナの両親は娘に教員免許を取得する学校に行かせる気がなかったのに対し、マリラは「女も自活できるだけの教育を受けていたほうがいい」（三〇章）という考えのもと、マシューと共に進学を応援してくれたのである。ダイアナの両親の考えのほうが当時としては一般的であったのだろう。しかし、このような進路の違いはあれ、いつもダイアナはアンの良き理解者であり、「忠実なダイアナ」と描写されるような、大切な友人であり続けるのである。

図3　アンのコンサートの着付けを手伝うダイアナ（Page版　34刷　M. A. and W. A. J. Claus による挿絵）

女同士の絆と協力関係

アヴォンリー村の中でアンは、同性の友達の輪を広げる。また、アンには役割モデルとなる大人の女性が複数与えられる。アラン牧師夫人は良き理解者となり、ステイシー先生ははじめての女教師として村に赴任し、自然観察や体操などの教育改革を実践し、アンの憧れとも目標ともなる。この二人がいずれもアヴォンリー村の外からやって来た女性であるのは興味深い。また、リンド夫人は、アンのお詫びで機嫌を直して以来、アンの登校拒否を支持したり、マシューに頼まれてアンのために流行のドレスを作るという協力をしたりしてくれる。さらにダイアナの大叔母ミス・バリーは、客用寝室で就寝中にアンとダイアナに飛び乗られるという、最悪の出会いをしたにもかかわらず、アンの謝罪が気に入り、アンの後見役を自認する人物となる。ミス・バリーは、クィーン学院時代には親戚代わりとなって面倒を見てくれ、アンの成長を高く評価する女性の一人になる。「あのアン嬢さん（Anne-girl）はいつも向上している。（……）虹のようにいろんな色をもっていて、それぞれが美しい。大きくなって子どもの頃ほど面白いことを言わなくなったけれど、愛さずにはいられない（……）」（三五章）と。「アン嬢さん」とは、ミス・バリーが作った愛称であるが、少女としてのアンの魅力を大人の女性から認めた表現と言える。このように、アンを取り巻く大人の女性たちは、アンの成長を見守り、励ます役割を果たす。女性同士の絆の

図4　アン、ギルバートに石盤を振り下ろす（Page版34刷　M. A.　and　W. A. J. Clausによる挿絵）

温かさは、この作品に活力を与えている。メアリー・ルビオはモンゴメリが「カナダのジェイン・オースティン」と呼ばれることがよくあると述べている（5―四頁）が、それは共同体の様子を女性同士の付き合いやもてなしの面からいきいきと描いているからであろう。

ライバルとしての異性　女たちの協力関係の豊かさと比べて『アン』に登場する男性の影は概して薄い。例外の一人はマシューであるが、その彼も妹には頭が上がらないという、世間的な男らしさとは程遠い人物である。もう一人の例外はギルバート・ブライスという、アンより二歳年上の少年である。ハンサムで女の子に人気のあることに自信過剰な彼は、初対面の日にアンの気を引くことに失敗し、アンのお下げをつかんで「ニンジン」と呼び、激怒したアンから石盤で頭を殴られるのだ（図4）。女の子の容姿を鑑賞の対象と見做す行為をしたギルバートは、女の子にあるまじき暴力行為をアンから受けるのである。反省した彼は、アンに謝罪をするが、運悪く続けて起こったアンの登校拒否事件に巻き込まれたため、徹底的に嫌われる。やがてアンは、学校に戻るようになると、ギルバートへの嫌悪を勉学での競争へと転化して、向学心を燃え立たせる。つまり、ギルバートは、教育の場でアンと互角に戦う唯一の相手としての役割を果たすことになるのである。

二人に仲直りの機会が巡ってきたのは、テニスンの白百合姫エレインを演じて遊んでいたアンが溺れそうになり、橋桁にしがみついているのをギルバートが助けたときだった。彼は「友達になろうよ」と熱心に頼んだのだ。一方、アンは、一瞬、心が揺らいだのにもかかわらず、その願いを拒否し、ギルバートを怒らせてしまう。しかし、その直後、アンは、たちまち後悔するのである。それでも、後悔を押し隠し、「心の友」であるダイアナにさえ気づかれないようにする。アンに初めて異性を意識する感情が芽生えたのだ。

アンとギルバートは、クィーン学院受験クラスに入って公然と競争の火花を散らす。二人のライバル関係はクィーン学院に同点で合格したのちも、卒業までの在学中ずっと続いていく。友達を作る天賦の才能があったアンは、同性の友人には事欠かなかったが、ギルバートに対して抱く思いは、語り手によって「アンが男の子について考えることがあったとすれば、単に良い友人になりうるかどうかという観点から

図5　ギルバート、アンを家まで送ろうと申し出る（Page版　34刷　M. A. and W. A. J. Clausによる挿絵）

に過ぎなかった」（三五章）と解説されている。アンにはギルバートに対して恋愛感情がなかったことが強調されていることに注意したい。アンは、男友達を人間関係の円熟や広い視野の獲得という観点から、即ち、自分の精神性を高めてくれるかもしれない対象として見ているだけである。十五歳のアンには、異性への特別な性的意識はまだ見られない。

『アン』に見られる教育への深い理解と関心は、作者をはじめとするスコットランド系移民の伝統であるという。「向上心」を抱くことを高く評価するアンの姿には、男女共学の教育の場を肯定的に捉える見方が窺える。ガブリエラ・オーマンスーンは、アンがマシューのためにギルバートに勝ちたいと思う気持ちの背後には、男の子ではなかったのに引き取ってくれた養父への償いの気持ちがあるのではないかという指摘をしている（6―一二五頁）。これは示唆的である。男性の分野と見做される知識の砦へ乗り込んで成功を収めることは、女の子が知的に劣らないことを示すことでもあったのだ。アンとギルバートは、それぞれ成績優秀の結果をあげて卒業し、アンはエイブリー奨学金を得て大学進学の機会を得る。

ギルバートとの和解が成立するのは、マシューが心臓発作のため急死するという大きな不幸が起こった後のことだった。目が不自由になっていたマリラと売却の危機にあるグリーン・ゲイブルズを守るため、アンは奨学金を辞退し、大学に進学しないで教師になる決断をする。それを聞いたギルバートは、同様に自活して進学を延期する立場になっていたのに、アンにアヴォンリー小学校の教師の職を譲ってくれたのである。アンはギルバートに感謝の言葉をかけ、彼と和解する。二人は「良い友達」になり、勉強を続けることを約束するのだ（図5）。アンはマシューという〈父の娘〉として生きた子ども時代を脱して、マリラという〈母の娘〉として大人の女性になろうとする。「道の曲がり角」と呼ぶ苦難を勇敢に越えようと決意しているアンの姿を描写して小説は終わりを迎える。それはギルバートとのロマンスの予感を示しながら不確定な要素を含む開かれた結末と言える。「心をこめた仕事、価値ある抱負、心にかなう友情はアンのものだった」（三八章）という一節から、少なくともアンはギルバートとの友情の構築に希望を抱いている段階だと分かる。真の大人の女性の一歩手前に留めることによって作者は、アンを性の力学から守っているとも言えよう。

少女小説・青春小説の枠に収まらないもの

『アン』は、少女小説の枠組みに収斂される小説であり、青春小説と呼ばれる作品であると一応言える。それは、子どもと大人の狭間にある孤児の少女が、他人と家族を形成し、女性同士の絆により共同体に居場所を見出し、異性を意識しつつ自立を志す経過を見れば、明らかである。アンとアンが出会う人々との相互の人間関係を検討した結果、改めてジャンルの枠が確認できるが、その魅力は枠内に収まらないものにあることも分かってくる。

まず、アンが行う名づけは、当然と思われた世界を変容させる転覆的行為の意味を持つ。また、「楽しみの半分はわくわくして待つことにある」（一三章）といった、アン語録は、少女アンが既成の概念を攪乱させる哲学の持ち主であることを示すものだ。作者は、アンという子どもの見解にも一理あることを暗示している。「心の友」や「同類」という独特の語彙が周囲の人々に受容されていく展開は、アンの影響力の肯定を意味するのだ。さらに、女の子らしさの獲得を目指しつつ、アンが失敗を重ねる姿は、社会が求めるジェンダー役割への疑問の提示となっていると考えられる。最終的に主人公の失敗の克服で終わり、社会から期待されるジェンダー役割の是非という根本的な意味が問われないままになるところに、作者の立場の曖昧さや、刊行当時の価値観を大きくはみ出さないバランス感覚が窺える。この曖昧さは、読者のとる立場によって短所にもなり、長所にもなるものである。また、流行の服への関心など、生活を楽しむための女性文化が詳細に書かれている点は、この分野に関心をもつ女性読者を魅了する。それは、アンの想像力と同様、余剰のもたらす潤いや癒しを人が求めていることと関わるのである。そして、青春期に芽生える異性に抱く性的な関心が徹底的に排除されている点は、主人公の潔癖さを強調するものである。

未来に希望を持つ青春を良きものとして評価したいという作者の姿勢が、ある種の甘さを感じさせるのは否めない。しかし、現実が厳しいからこそ、置かれた場所にいることから逃げず、諦めないで最善を尽くそうとする少女の姿は、爽やかなものとして読者の心を打つとも言える。モンゴメリは幸福を自らの力で摑み取ろうとする主人公を、愛すべき存在として読者に印象づけたのである。時代性と普遍性を見極めて、少女小説や青春小説と呼ばれる、新しい作品がいつの時代にも必要とされていることを、考える必要があるのではあるまいか。

引用文献

＊ テクストとして使用したのは、Montgomery, L. M. *Anne of Green Gables*. Ed. Mary Henley Rubio and Elizabeth Waterston. New York: Norton, 2007. 本章の引用は私訳である。

（1） Foster, Shirley, and Judy Simons. *What Katy Read*. Houndmills: Macmillan, 1995.

（2） Rubio, Mary and Elizabeth Waterston eds. *The Selected Journals of L. M. Montgomery*. 5 Vols. Toronto: Oxford UP, 1985–2004.

（3） Wilmshurst Rea, ed. *Akin to Anne: Tales of Other Orphans*. By L. M. Montgomery. Toronto: McClelland and Stewart, 1988.

（4） Barry, Wendy E. “The Settlers of P. E. I.: The Celtic Influence in *Anne*.” *The Annotated Anne of Green Gables*. Ed. Wendy E. Barry, Margaret Anne Doody and Mary E. Doody Jones. New York: Oxford UP, 1997.

（5） Rubio, Mary Henley. Introduction. *Harvesting Thistles: The Textual Garden of L. M. Montgomery*. Ed. Mary Henley Rubio. Guelph, ON: Canadian Children’s P, 1994.

（6） Åhmansson, Gabriella. *A Life and Its Mirrors*. Uppsala, Sweden: Almqvist & Wiksell International, 1991.

CHAPTER 5

『赤毛のアン』、連想が紡ぎだす物語

戯れのための戯れ

伊澤佑子

L. M. Montgomery

少年少女向けの物語?

『赤毛のアン』に様々な文学作品が引用されていることは、よく知られた事実である。実際、モンゴメリの膨大な日記の編集者であり、その詳細な伝記の著者でもあるメアリー・ルビオは、「アンの言葉遣いは、若さ溢れるモンゴメリが用いたものと同じもの、つまり、一九世紀の説教集や聖書文学、欽定訳聖書、女性誌や当時流行した小説や詩、そしてシェイクスピアのような古典作品、に基づいている。」(1—七六頁)と述べている。米国の比較文学者アン・ドゥディも、自ら編集にあたった『註解　赤毛のアン』で個別・詳細な検証を行って、モンゴメリが引用した数多くの詩行をつまびらかにしている。しかし、『赤毛のアン』が、一九〇八年一〇月一五日付の日記にモンゴメリ自身が記しているように「少年少女の読者を念頭においたもの」(2—三三九頁)だったとしたら、それらの引用などは、対象とされた読者にとってほとんど意味を持たないものだったと言わなければならない。というのは、書き手だったモンゴメリ自身が明らかに楽しんでいたとしても、そうした引用は、かなり文学に精通した教養ある読者が秘かに味わう楽しみだったに違いないからである。

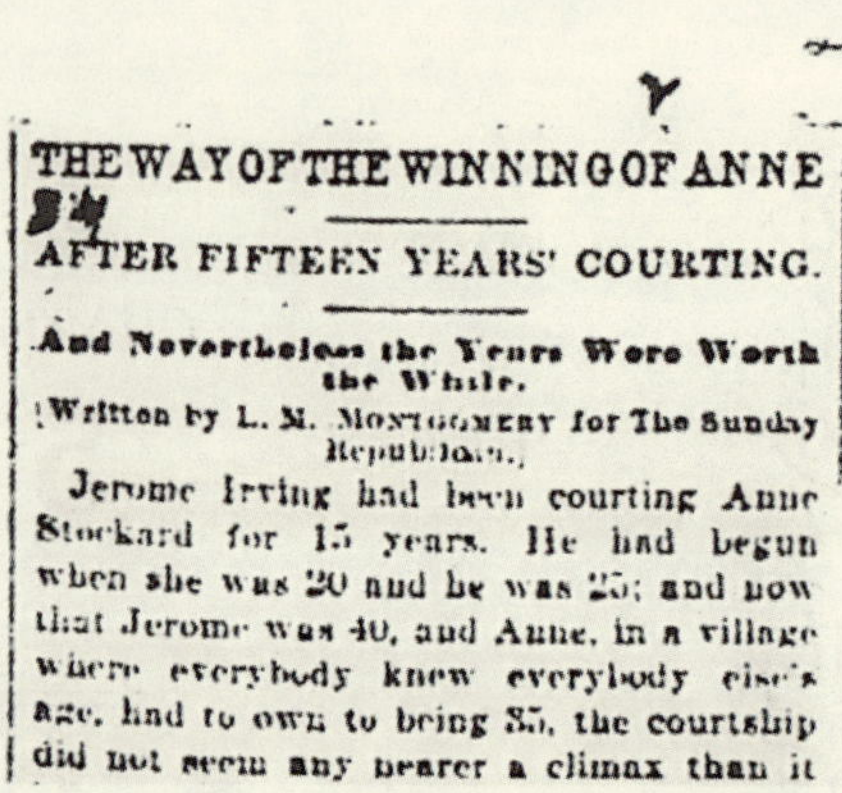
THE WAY OF THE WINNING OF ANNE

AFTER FIFTEEN YEARS' COURTING.

And Nevertheless the Years Were Worth the While.

[Written by L. M. MONTGOMERY for The Sunday Republican.]

Jerome Irving had been courting Anne Stockard for 15 years. He had begun when she was 20 and he was 25; and now that Jerome was 40, and Anne, in a village where everybody knew everybody else's age, had to own to being 35, the courtship did not seem any nearer a climax than it

図1　スクラップブックに貼られた短篇小説の拡大図
Written by L. M. Montgomery for The Sunday Republican の文字が見える

長編小説を書きたい！

メモを見つけて

『赤毛のアン』を書き始めた一九〇五年には既に、モンゴメリは雑誌や新聞への投稿収入で生計を成り立たせている新進詩人・新進短編作家として知られていた。収入も、住まいのあるキャヴェンディッシュの人々と同等、或いは上回るものであった。掲載誌や掲載紙から自己紹介記事や写真を所望されるようにもなっていた。プリンス・エドワード島コンフェデレーションセンター図書館収蔵のモンゴメリのスクラップブックには掲載済み短編小説の切り抜きが貼りつけられているが、そこには「〇〇紙のためにL・M・モンゴメリ嬢が寄稿」という言葉も添えられている。当然、モンゴメリには、このペースで地道に短編小説を書いていけば生計を成り立たせられることが分かっていたことだろう。しかし、このまま、掲載側の意向におもねる形で、気乗りしないまま「スプーン一杯のジャムのように教訓をこっそりもぐりこませた」（2―二六三頁）作品を書き続けることは、モンゴメリにとって面白いことではなかった。

そのような時にモンゴメリは、創作のためのアイディアを書き込んでいたノートに新たな投稿小説の材料を探していて、十年ほど前にモンゴメリの祖父母それぞれにとって甥と姪に当たる子どものいない夫婦に手違いから三歳の女の子が送られてきたという事実を記した、あの有名なメモを偶然見つけたのだ。モンゴメリの周辺には、遠縁の中年の独身兄妹に、その兄妹の姪が父親の知れない娘を託して自分は後妻にいったという実話もあった。モンゴメリ自身も六十歳近い祖父母に預けられた身であったので、感情的な裏づけを持つエピソードはいくらでもあった。モンゴメリはそのメモに触発され、自分の境遇を重ね合わせるように物語の構想を組み立て発展させて、新たな孤児の挑戦物語を紡ぎだした。モンゴメリの想像の中で、主人公の少女は水を得た魚のように活発に動き出し、長編小説を書きたいというモンゴメリの秘かな望みは、書けそうという確信に変わった。これが、『赤毛のアン』が書かれるに至った状況であったと思われる。モンゴメリ自身、この経験を「今まで、こんなに書くのが楽しかった作品はなかった。私は〝道徳〟や日曜学校の理想をあっさり捨てて〝アン〟を生身の少女にした」（2―三三一頁）と述べている。

図２　馬車の上のレベッカとコブ爺さん（さし絵　西村保史郎）

歓迎されない子ども　モンゴメリが、このメモに飛びついたことには、もう一つの伏線があった。モンゴメリは、当時出版されたばかりのウィギン（一八五六―一九二三）の『少女レベッカ』（一九〇三）を読んで、刺激を受けていた。そのため、『少女レベッカ』と『赤毛のアン』の枠組みや主人公には類似点が多い。共に、主人公は器量が悪く〝顔中目ばかり〟と描写され、物怖じする風もなく、何にでも話しかけるお喋りである。更に、マシューとアンが馬車で「緑の切妻」農場に向かう様子（二章）は、レベッカがコブ爺さんの馬車でソーヤー家に向かう様子に酷似している。「この瞬間、ジェレミア・コブ爺さんのめぐりの悪い頭に、隣にちょこんと座っている小娘は、日ごろ自分が馬車に乗せている連中とはまったく羽根色の異なった小鳥だということが徐々に呑み込めてきた」（3―一二頁）という文章からは、モンゴメリが『少女レベッカ』の枠組みを利用していることがよく分かる。

しかし、モンゴメリはそこに留まらずにその設定を進化させた。当時流行した〝孤児〟の物語の主流は、子どもとは無縁な生活を送っている初老の人たちが青天の霹靂のように子どもの世話を押し付けられて、当惑と反感を覚えながら周囲にいる人たちに助けられて、保護者としての役割を全うするというものであったが、『赤毛のアン』において、迷惑がるべき立場にあるマシューは、出会うとすぐにアンのよき理解者になって、不愉快な事態に立ち向かうその役割を全面的にマリラに押し付けている。しかし、そのマリラにしても今は子育てに不向きと思われているけれども、子どもと共に育つ力を内に秘めていることが、冒頭で既に暗示されている。マリラも、アンのよき理解者となるのである。

連想から生まれたユーモアと戯れ

『赤毛のアン』を書き始めると、今までの読書体験や生活体験などが満を持していたかのように鮮明に蘇り、モンゴメリは溢れ出て来るアイディアを惜しげもなくこの作品に注ぎ込んだ。

名前をつける　アンは、よく知られるように自分の気にいったものにそれらしい名前をつけようとする子どもである。しかし、立ち止まって考えてみると、その前に作家モンゴメリ自身が、色々なものに名前をつけている。

登場人物の名前では、マタイの英語名マシューを筆頭に、トマス、ラケルの英語名レイチェル、ヨセフの女性形ジョセフィン、と聖書から取った名前の多さが目に付く。このダイアナの大叔母であるジョセフィン・バリーとアンの関係は、オルコット（一八三二―一八八）の『若草物語』（一八六八―六九）に出てくるマーチ氏の伯母、ジョセフィン大伯母さんとジョーの関係の延長上にある。カスバート（六三四／六三五―六八七）、ギルバートなどの聖人や、ムーディ（一八三七―九九）、スパージョン（一八三四―九二）などの有名な福音伝道師に関連する名前も多い。その一方、親類縁者に多く見られたヨハネの英語名ジョンはマリラの昔の恋人の名前として登場するだけだし、ヤコブの英語名ジェイムズとその愛称ジムなど、使われていない名前も目に付く。アンという名は、eはつかないものの、祖母を始めモンゴメリの近親者に多い名前であったし、ジェーンも代々継承されてきた名前であった。

コーディリアやエレーンなどシェイクスピア（一五六四―一六一六）やテニスン（一八〇九―九二）などの作品の登場人物の名前の他に、モンゴメリが好きだった作家エドマンド・スペンサー（一五五二―九九）やジェイムズ・バリー（一八六〇―一九三七）などの綴りの一部を入れ替えた名前なども見られる。また、長老派ということからもスコットランド系であることは明らかなのにマックで始まる名前はほとんどなく、ケルト系を思わせるIをYと綴るリンドやブライズやパイなどの名前、ルビーという宝石由来の名前、ローマ神話に由来するダイアナという名前もある。ドゥディは、「手書き原稿からは、〝ダイアナ〟を思いつくまで、モンゴメリがローラか、場合によってはガートルードにしようと考えていたことがわかる」（4―二五頁）と述べ、この命名は他の名前と違って意図的であったことを指摘している。ガートルードは、よく知られるようにハムレットの母の名であり、ローラは、『アンの夢の家』（一九一六）の献辞にある少女時代からの親しい友人の名であることを考えると、ダイアナという名との間には大きな飛躍がある。

地名では、アンの舞台となるアヴォンリーは、メアリー・ルビオが言うように「シェイクスピアのエイヴォン川とアーサー王のアヴァロンの二つを思い起こさせる」（1―六八頁）。そこにある農場の名前には、モンゴメリは実際に存在した「教会の眺め」（カーク・ビュー）や「水車の小川」（ミル・ブルック）とい

図3　サリー州、チャーツィーに立つブランチ・ヘリオットの像

う名前ではなく、「緑の切妻」（グリーン・ゲイブルズ）とか「果樹園坂」（オーチャード・スロープ）という好ましいイメージを豊かに膨らますことのできる名前を選び取っている。「狩人の川」を意味するハンター・リバーには煌めく川の流れや陽気なせせらぎの音を想起させるブライト・リバーという駅名を、海岸沿いにある保養地には「白い砂」を意味するホワイト・サンドという地名を与えている。同様に、アンも、りんごの花が満開の道や夕日を映す湖に「歓びの白い路」、「水面煌めく湖」と命名し、その後も「恋人の小径」や「お化けの森」など想像や夢を膨らませる余地がたっぷりある名前を付けている。

身もふたも無かったロマンチック　アンは「ロマンチック」という言葉を無闇に口にする少女である。モンゴメリは、アンが殺伐とした環境で育ってきたので、むき出しの現実世界から荒唐無稽な空想の世界に逃避することで自らを守って来たという状況を作り出している。

　リチャードソン（一六八九―一七六一）の『パメラ』（一七四〇―一）以来の、何かといえば気絶して気付け薬を嗅がされる女性たちの姿から「気絶するなんてロマンチック」と思い、バリーの池で溺れそうになったジェーン・アンドルーズについて「もう少しで溺れるなんてロマンチック」（十四章）とよく考えもせずに口走る。しかし、実際にバリー家の屋根から落ちて気絶した時も、白百合姫として溺れそうになった時も、ロマンチックどころではないことに気づかされるのである。

　リンドの小母さんを怒らせた後の罰として、「蛇やヒキガエルの住む暗くて湿った地下牢に閉じ込めてもいい」（九章）というアンのせりふは、明らかにゴシック・ロマンスをパロディ化しているが、一九世紀末のプリンス・エドワード島の健康的でのどかな田園風景を背景に、現実的なマリラに向かって発せられているだけに、ジェーン・オースティン（一七七五―一八一七）の『ノーサンガー・アベイ』（一八一八）に見られるパロディよりも更に効果的である。

　物語の中の発表会では数多くの詩が暗誦されている。例えば、討論研修会の発表会では、米国のローザ・ハートウィック・ソープ（一八五〇―一九三九）が、英国のバラ戦争の際に若い娘が死を宣告された許婚の処刑を阻止しようと修道院の鐘の中央に下がる舌にしがみついた古事を歌った詩「今宵、晩鐘を鳴らさせてはならない！」（一八六七）が暗誦されている。原詩は「（娘は）埃っぽい梯子を登った。そこには一

図４　父の亡霊とハムレット

筋の光も射さず」となっているのだが、プリシー・アンドルーズは「ぬるぬるした梯子を登った。一筋の光のさすこともない闇を」（十九章）と暗誦している。この間違いを指摘した上で、ドゥディは「作者自身の覚え違いか、プリシーの間違いかは不明である」（4—二二六頁）と述べている。

アンがダイアナに永遠の友情を誓ってくれるかと尋ねたとき、ダイアナは仰天して「まあ、誓うのは恐ろしく悪いことじゃなくて？」（十二章）と言う。このダイアナの反応が、「誓う」を意味する英単語が「罵る」というまったく異なる意味も持っているためだとしても、ダイアナが『ハムレット』第一幕で、ハムレットの父の亡霊がハムレットに「誓え！」と迫る場面を読んだことがないことを暴露していて、バリー夫人が「この娘は本当に、本を読みすぎるので」（十二章）と不満を漏らすにもかかわらず、ダイアナの読書が非常に狭い分野に限定されていたことを示唆している。と同時に、バリー家が、次に取り上げるキリスト教の呪縛にとらわれていたことも語っている。

キリスト教という呪縛の中で　この時期のカナダの小さな農村は、生活全般が教会を中心にして営まれていた。それは、教会にまつわる章ばかりではなく、色々な章からも分かることである。アヴォンリーの信仰は「勤勉は美徳」というピューリタン的・長老派的な考え方に基づいて、実直で質実剛健な生活を営む基盤となっていたが、他方、外部との交流が少ないだけに、融通の利かない頑迷で独善的な側面を持っていた。

キリスト教に対する信仰心を持たないことが人間としての欠落を意味していたことは、先にあげたローマ神話の女神にちなむダイアナという名前に対して、すべてに控えめなマシューが「おっそろしくキリスト教徒らしくない」（二章）と珍しく強い拒否の姿勢を示すことからも窺えるし、「神様が故意に髪を赤くした」（七章）とトマスの小母さんに言われてお祈りをしなかったというアンにマリラが「正真正銘の異教徒と紙一重」（七章）と恐れをなすことにも関わっている。

アンがキリスト教の呪縛に囚われていないことは、リンドの小母さんが水仙を「純潔」を意味しキリスト教で好まれる百合を用いてジューン・リリーと呼ぶのに対して、アンがギリシア神話の自惚れの強いナルシサスにちなむ名前で呼ぶことにも表れている。この自意識の勝ったアンの存在に対してエリザベス・

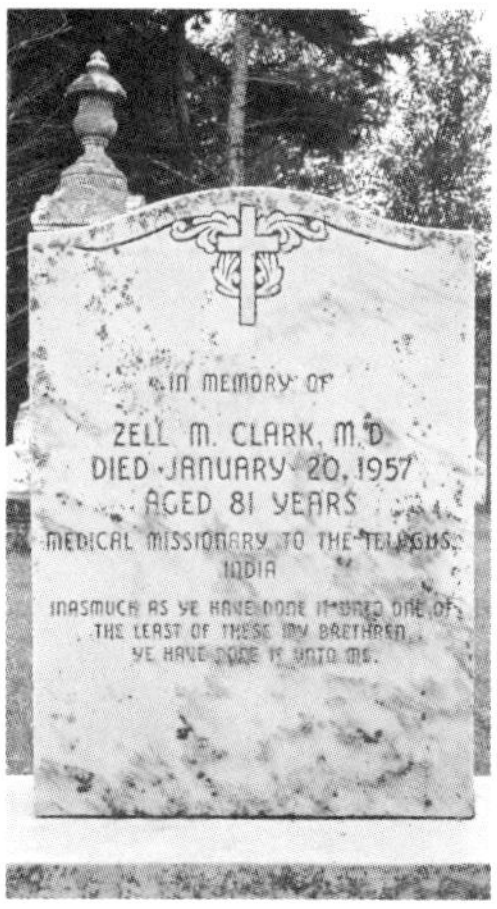

図5　インドで医療伝導を行った同窓生の墓

ウォータースンは、ダイアナという名前は二人目のアンと解釈することも可能であり、その意味から言えばダイアナは「自己主張しない方のアン」（5―四三頁）であると言う。

「あたし、とても不器量だから誰もあたしと結婚したいなんて思わないわ――海外宣教師でもなければね。」（二章）は、シャーロット・ブロンテ（一八一六―五五）の『ジェーン・エア』（一八四七）で、ジェーンが海外伝道に赴く牧師に求婚されるエピソードを連想させるが、モンゴメリの周辺にも、女医となってインドに伝道にいった姉妹がいた。

新任牧師を選定することになった時、アンはそれぞれの牧師の説教を比較して牧師のあるべき資質を論じているが、その時リンドの小母さんは「若い未婚の牧師をアヴォンリーに迎えるのは良くない。教会員の誰かと結婚するかもしれないし、そうなれば面倒を起こすことになる」（二十一章）と、反対している。『赤毛のアン』を書いている時点でモンゴメリがユーアン・マクドナルド牧師と交際中で、以前モンゴメリの婚約者であったエドウィン・シンプソンがリンドの小母さんと同じ理由で、ユーアン・マクドナルドの招聘に反対していたことが、このエピソードの背景となっている。

海外伝道などにレイチェル小母さんが示す、善意という体裁をまとった弱者や劣った者への優越感や、孤児院に寄付された布地、アンをブリュエット夫人に回せばよいと思いついてスペンサー夫人が発した「本当に神の御心ですわ」（六章）という言葉、マリラがアンの服を作るために手に入れた生地についての説明などが問わず語りに示す差別に根ざす偽善は、ジェーン・オースティンにも見られる人間の深層心理を突いた辛らつな批判精神を感じさせる。また、アンが、マリラが密かに思っていたことを、口に出して当惑させる状況は、モンゴメリが、祖父の家に下宿していたデイヴとウェリントンから借りて愛読したアンデルセン（一八〇五―七五）の『王様の着物』の子どもの言葉を思い起こさせる。

このような偽善的な言葉が溢れる中で、「わしらが幾らかあの子の役に立つかもしれんよ」（三章）に代表されるマシューの素朴で控えめな言葉は貴重である。

赤い髪の問題　『緑の切妻のアン』という原題も『赤毛のアン』という邦題もどちらも色を扱っているが、この二つの題名は、この作品を貫く二つの主題を表している。一つは、アンが自分の帰属する家族と家を見つけるというもので、もう一つは、アンが自分を見失うほど気にしていた赤い髪を笑いながら話すことができるほど精神的に成長したというものである。アンは、九章と十五章で、赤い髪を「人参」といわれて癇癪を起こし、二十七章で悩みの種であった赤い髪を染め、二十八章でギルバートに対するあの激しい怒りを思い出している。つまり、赤い髪は、アンが将来を見据えてクィーン学院の受験を考えるようになるまで、アンの行動原則になっているということもできるだろう。物語の最後で、アンの赤い髪はリンド夫人の予言するように濃さを増して褐色になったと描かれるけれども、ジョージー・パイだけは別で、最後まで何かにつけてアンに赤毛であることを思い出させる役割を担っている。しかしアンは、その無遠慮な言葉にも動ずることなく、淡々と「ジョージーは昨日、私の髪が前よりずっと赤くなったと思う。じゃなかったら、黒い服を着てるからずっと赤く見えるのかも、と言ったわ。そして、赤毛の人は赤毛に馴れることができるのかって訊いたの」（三十七章）とマリラに語っている。

「子どものために書いたのではない」

『赤毛のアン』を書いたとき、モンゴメリは、物語・作品としてのまとまりや完成度など度外視して自分の中に蓄積した知識や実体験を楽しみながら存分に注ぎ込んだ。又、それまで封印していた当てつけ・当てこすりなども含めて、溢れてくる思いのたけを語っている。そして、長年の願いであった「私は、めちゃくちゃ愉快な作品を――書きたい――更に言えば、読みたい――〝芸術のための芸術〟作品を――いや、〝戯れのための戯れ〟の作品を――スプーン一杯のジャムのように秘かに教訓をこっそりもぐりこませていない作品を」（2―二六三頁）という思いを実現させた。

一九三〇年三月一日付の日記で、モンゴメリは書評の切抜きを見返しながら「『赤毛のアン』は子どものために、『アンの青春』は大人のために」という書評に、「『赤毛のアン』を子どものために書いたのではない」（6―四一頁）と書いている。この言葉は最初の「少年少女の読者を念頭においたもの」という言葉と矛盾しているが、前の言葉が、まだ自分の成功が信じられず、周囲のうるさい視線の中で記した言葉と考えれば、人気作家として二十年以上が経過し、それなりの立場を確立したモンゴメリが記した後の言葉の方が、自分の思いを正直に吐露したものと考えるのが自然であろう。そして、ここまで並べてきた様々な例からも、そのことは証明されるのではないだろうか。

作品の緻密な完成度を狙って推敲を重ねるよりは、あらゆる思い付きをてんこ盛りにして、作者であるモンゴメリ自身がこの作品を書くことを楽しんでしまったその状況そのものが、この作品の読者を無意識のうちに十分に楽しませ、作品に書き込まれた取り留めないあれやこれやの記述に心を躍らされるに至っているのではないかと思わずにはいられない。その意味で、この作品は、言葉の連想ゲームが織り成す万華鏡であり、『赤毛のアン』を書いた当時のモンゴメリのあらゆる文学知識や、あらゆる経験、あらゆる瑣末なことに関する感想や思いが詰め込まれて、一種、騙し絵的な作品にまでなっているというのが事実である。そして、この流れの持つ勢いが、『赤毛のアン』の人気を呼び、モンゴメリがテーマを絞り込み十分な準備と自負をこめて世に送り出した『可愛いエミリー』が、どうしても越えることのできない人気の理由となっているのだと思われる

このように、『赤毛のアン』は、モンゴメリのいたずら心満載の作品である。言葉も違えば、文化も違い、宗教も宗教観もまったく違い、時代まで違う中で、翻訳によってはそれらが分かる形で翻訳されていない場合も、省略されている場合もある。いくつかの翻訳を見比べ、原作に目を通すと、行間にモンゴメリの秘かな戯れが思いがけず立ち現れてくる。その意味で『赤毛のアン』は、何回読み返しても新たな発見のある物語で、読むたびに作者のユーモア感覚、いたずら心・遊び心が分かって、作品の豊かさ、奥深さが仄見えてくるのではないだろうか。

引用文献

＊　テキストとして Montgomery, L. M. *Anne of Green Gables*. New York: W. W. Norton & Company, 2007 を使用した。引用は筆者訳による。

（1）　Rubio, Mary Henley. "*Anne of Green Gables*: The Architect of Adolescence". *Such a Simple Little Tale*. New Jersey: Scarecrow Press, 1992.

(2) Montgomery, L. M. *The Selected Journals of L. M. Montgomery, vol. 1.* Toronto: Oxford University Press, 1985.
(3) Wiggin, Kate Douglas. *Rebecca of Sunnybrook Farm.* London: Puffin Books, 1985.
(4) Doody, Anne Margaret, ed. *The Annotated Anne of Green Gables.* Toronto: Oxford University Press, 1997.
(5) Waterston, Elizabeth. *Kindling Spirit.* Toronto: ECW Press, 1993.
(6) Montgomery, L. M. *The Selected Journals of L. M. Montgomery, vol. 4.* Toronto: Oxford University Press, 1998.

CHAPTER 6

Anne of Canada カナダにおけるアン

梶原由佳

L. M. Montgomery

アンの歩み

カナダのベストセラー、『グリーン・ゲイブルズのアン』は一九〇八年に突如として現れた。その文学上の質を中傷するのは、カナダ戦没者記念碑の様式美のあら探しをするのと同じく、無駄な行為である。アンは現れ、そして留まった（1―二五二頁）。

建国百年祝賀の一九六七年に出版された『子どもの共和国』（*The Republic of Childhood*）はカナダ初の児童文学批評書であるが、そのなかで著者シーラ・イーゴフは、『グリーン・ゲイブルズのアン』（以下『アン』）が、カナダの児童文学史上に不動の地位を占めたことを首都オタワにある勇壮な兵士の像と対峙させて表現した。誰が何と言おうとも、アンは不滅の存在となったのである。事実、それから四十年経った現在も『アン』は絶版になることなく、幾世代もの読者に愛され続けてきた。

今ではもう小説の『アン』だけではない。「わたしのなかには、それはもう、たくさんの異なるアンがいるのね」（2―二〇章）とアン自身の台詞にある通り、作品から抜け出したイメージとしてのアンが、映画やアニメ、舞台劇やミュージカルとあらゆる分野で活躍している。

今や、アンは親善大使の役目も果たす。二〇〇五年の愛知エキスポでは、騎馬警官や先住民族の代表者とともに、ミュージカルでアン役を演じた女優が笑顔を振りまいた。

図1 『グリーン・ゲイブルズのアンとＧ・Ｉ・ジョー』の原書表紙

アンは、国家の象徴でもある。カナダとアメリカの文化の差を風刺したアラン・グールド著の『グリーン・ゲイブルズのアンとＧ・Ｉ・ジョー』の表紙がその一例である（図1）。巨大な軍人と赤毛の女の子が示唆するものは何か。両国の軍事予算の差や国家間の力関係など読み取れるであろう。隣国ビッグ・ブラザーに対抗する小さな妹は、平和を願うカナダ国民の代表といえよう。

アンは観光資源でもある。アンの故郷、東海岸のプリンス・エドワード島（ＰＥＩ）にある作品の舞台とされるグリーン・ゲイブルズを訪ねる観光客は絶えることがない。今では、島の中央北部はAnne's Land（アンの土地）と呼ばれ、宣伝されている。

アンは、人形、カレンダー、日記帳、ビデオなど、ありとあらゆる日用雑貨に姿を変えて観光客のスーツケースに潜り込み、国内のみならず海外の多くの家庭へ連れ帰られる。ＰＥＩに限らず、中部のオンタリオ州であろうが、西海岸のブリティッシュ・コロンビア州であろうが、土産品店に行けば、必ずといってよいほど何らかのアンの姿に出会える。

これほどポピュラーだからであろう。筆者の勤務する児童図書室へのモンゴメリ関連の問い合わせは尽きることがない。映画で知ったアンの原作を読みたいという子どもたち、宿題で『アン』を課題に扱うという高校生やＥＳＬ（第二言語として英語を学ぶ）学生、卒論でモンゴメリを扱う英文学の学生、各種の版を比較する書誌学者、モンゴメリの書簡やサイン本が見たいとやってくるファン、更には、『アン』の人気現象を探る新聞や雑誌記者など、その問い合わせの内容は多岐にわたっている。

つい最近、職場の同僚からグリーン・ゲイブルズの絵皿とアンのイラスト入りの財布をもらった。何十年も前に、お母さんがＰＥＩで買った土産品だそうで、「日本人女性は、みんなアンが好きだろうから、これどうぞ」と言われて驚いた。ＰＥＩのアン関連地を訪ねる黒髪の観光客の姿が、日本人のアン好き現象として一般のカナダ人に知られているのである。

研究対象となったアン

発刊後ベストセラーとなり、英語圏のみならず、何十カ国語にも翻訳され海外でも広く読まれてきた『アン』ではあるが、主に男性批評家からポピュラー・ライターの児童作品とみなされた故に、文学作品としてその内容を検討されることなく、大学の学術機関や研究者からは長らく顧みられることがなかった。モンゴメリ作品に光をあて始めたのは、『アン』の読者である教授たちであった。一九六六年のエリザベス・ウォーターストンの「ルーシー・モード・モンゴメリ　一八七四―一九四二」は、作者の生きた時代や歴史などの背景説明とともに、作品に幼少時の体験が色濃く反映されている点を説いた。同文は、七五年にカナダ児童文学評論季刊誌『カナダ児童文学』に転載されたが、これは生誕百年を記念し、計七本の論文を収録した先駆的なモンゴメリ特集号である。その前書きにてジョン・R・ソルフリートは、「L・M・モンゴメリ　カナダの女性作家」とわざわざ「カナダの女性作家」と銘打った。批評家たちが、二流作家とみなしてきたモンゴメリ作品を論じた執筆陣が、みな女性というのが興味深い。作家モンゴメリが、その作品の読者である研究者達によって解明されていく契機となった。

モンゴメリ生誕百年を記念し、七三年には、モリー・ギレンの記事「モード・モンゴメリ、グリーン・ゲイブルズを書いた女性」が人気女性誌『シャテレイン』に掲載され、大評判となった。同誌は読者を開眼させようと、社会で活躍する一般のカナダ人女性へのインタビュー記事を含め、職場や社会での性差別問題、避妊、離婚法の改正、幼児虐待、堕胎の合法化など幅広い問題を扱う前進的な雑誌であった。六十年代後半迄に「カナダ女性の三人に一人」（3）が購読していたほどの普及率であった。『シャテレイン』に掲載されたことで、あの『アン』の裏に隠れていた作者の姿が広く一般に知られることになった。

いち早くモンゴメリに着目した当時の敏腕編集長は、後に「カナダのフェミニスト運動の象徴」（3）と称されるドリス・アンダーソン（一九二一―二〇〇七）であった。彼女から執筆を依頼されたギレンは資料を探し求め、ついには誰も突き止めていなかったモンゴメリの書簡（スコットランドの文通相手G・B・

マクミランに宛てた手紙の束）を発見した。雑誌記事掲載から二年後の七五年、ギレンは本格的な伝記『運命の紡ぎ車』（*The Wheel of Things*, 1975）を著す。

これは、驚きを持って迎えられた。アメリカ、カナダ、オーストラリア、英国、スコットランド、アイルランドの新聞や雑誌に掲載された四〇以上の書評がそれを物語る。一九七六年六月一九日付け『スコッチマン』紙の書評は、「この複雑で、きわめて内観的な女性」とモンゴメリを表したギレンの言葉を引用し、「数多の愛読者は、おそらくそんな言葉を期待してはいないだろう。（中略）この伝記は驚きでいっぱいだ」と述べた。ギレンの著した伝記は、明るいアンのイメージからかけ離れた、作者の暗い後半生を暴いたことによって、多くの読者の驚嘆とともに失望すら招いたのであった。

謎深い日記

更に、読者や学者を驚かせ、モンゴメリを学術研究の対象とさせる誘因となったのは、八〇年代以降次々と発刊されたモンゴメリ自身の日記（一八八九—一九四二年を網羅する全五刊）である。十代半ばから亡くなる直前までの、その膨大な量の日記は、幸運なことにふたりの女性教授の手により編纂された。編集経緯の裏話は編者のひとりメアリー・ルビオの「ほこりを払って」（4）に詳しいが、オックスフォード大学出版局の編集者ウィリアム・トーイを相手に苦心した点が述べられている。つまらない削除すべきと彼が考えた私生活の一部、例えば、地域の噂話や妊娠出産といった経験をふたりの女性編者は重要とみなしたのであった。最終的に女性の視点で編纂された日記には、ひとりの女性の中に秘められた、作家、牧師の妻、ふたりの息子の母としての幾つもの顔をもつモンゴメリ像が浮かび上がっている。

自分の死後に日記公開を望んでいたモンゴメリは、日記を転写したり、一部を書き改めていたというが、読み手を意識して自己像を意図的に作り上げたと解釈できる。その意味で、卓越した自伝作家ともいえよう。

自身の感情を吐露した日記は腹心の友であり、体面を保って生きるモンゴメリの愚痴のはけ口でもあった。恋愛観、出版社との法廷争い、夫の精神障害、自身の健康問題、セクシュアリティー、死生観、近親縁者の悪口雑言などの数々が赤裸々に描かれている。それ故、発刊された日記への反響は大きかった。

『モンゴメリの日誌』のような生きているテクストは、人々の心を乱すのにあまりにも大きな力がありました。（4―一〇二頁）

モンゴメリは後世の読者の「心を乱す」のを承知で出版を願ったのであろうか。それについてルビオはこう述べている。

モンゴメリを知るようになって、彼女の時代への私の理解は変わってきましたし、彼女の『日誌』は――怒りをそっくりそのまま宿しながら――抑圧された、知的な、物言わぬ女性たちが苦悩していた事例を明らかにするという『本分を果たす』ために、世に出て行ったのです。（4―一〇三頁）

そうして、近年、多くの学生や研究者たちが、想像の余地が有り余るモンゴメリの作品や日記の解読を続けている。

アンの愛読者たち

祖父が父に「アン」シリーズを読んでやり、私はそんな父に読んでもらったから、『アン』を読むのは「きっと男の伝統」（5）と思っていたというエリザベス・エパリー。アメリカで生まれ育ったが、モンゴメリの作品好きが高じてPEIへ移住した。プリンス・エドワード島大学にて学び、後に教鞭をとった。島の有名な歴史家でモンゴメリ研究家でもあるフランシス・ボルジャーとモンゴメリの書簡『モンゴメリ書簡集I』（一九八〇）を編集、モンゴメリ作品に関する数多くの論文を始め、画期的な研究書『スウィートグラスの香り』（一九九二）、並びに、*Through Lover's Lane*（二〇〇七）を上梓している。

エパリーは有志とともに、基金援助を受けた後の九三年にモンゴメリ研究所（The L. M. Montgomery Institute）を同大学にて発足させ、翌年以降、二年ごとに国際学会を開催している。九五年には、プリンス・エドワード島大学創始以来の初の女性の学長に就任した。

「モンゴメリの作品は女性の価値を認めています。それを読むとき、私たちは自己を認識するのです」（5）というエパリー。二〇〇六年に現役を退かれたが、学会でお会いした時に、「今後もモンゴメリ関連の研究を続けます」と仰っていた。少女の頃からの夢を追い続け、いつまでも研究一筋という印象を強く受けた一瞬であった。

モンゴメリ研究所発足時には、前述のドリス・アンダーソンも委員のひとりとして関わったが、彼女の友人でもあり、カナダ総督（英国エリザベス女王代理）を務めたエイドリアン・クラークソンは、九四年の学会にて『アン』の価値を熱く語った。三歳の頃に香港から難民として家族とともにカナダへ移住した彼女は、自己の体験をノヴァスコシアからPEIへと海を渡った孤児のアンと比較して、アンがアヴォンリーというコミュニティーに受け入れられたように、自分はカナダという国に迎え入れられた。そのカナダについて、歴史や文化、宗教や政治、女性の生活の様子などをモンゴメリの作品から学んだという。多民族国家カナダでは、クラークソンのような読み方をする読者も多いに違いない。新移住者にとって『アン』はカナダを知る入門書ともいえる。

一方、カナダで生まれ育った人にとって『アン』はどんな存在なのであろう。国際的に有名なカナダの作家マーガレット・アトウッドは『アン』のファンと公言している。娘にも読んであげたという。アトウッドは、『アン』が外国人にも人気があることを、PEIでアンのミュージカルに並ぶ日本人観光客の集団を目の当たりにして知ることになる。

他の人の目を通して『アン』の価値を見ようとするのは助けになる。なぜなら、カナダ人女性として、それ以前はカナダの少女として、『アン』は自明の理であるから。私の世代、それ以前と以降の何世代かの読者は『アン』が「書かれたもの」とは思わない。『アン』はいつもそこに居たからだ。

（6―二二三頁）

彼女は、世界に通用する『アン』の魅力について再考し、育ての親マリラとアンの絶妙な心理関係や、「書かれたもの」とは思えない、まるで実在すると思わせるようなモンゴメリの描写力に着目している。

アトウッド以外に、モンゴメリ作品に影響を受けたというカナダの女性作家は、ジェーン・アークハート、ジーン・リトル、アリス・マンロー、キット・ピアソン、ピュリッツアー賞受賞作家キャロル・シールズなど幾人もいる。

『アン』が好きと胸を張るのは、無論、作家ばかりではない。九七年、グリーン・ゲイブルズが火災に見舞われた際、当時の民族遺産省シーラ・コップス大臣の対応は素早かった。島の観光収入の打撃を懸念した大臣は、緊急予算を投じて火事からわずか二カ月後、当初の予定よりも早くに復旧オープンさせたのであった。その頃、日系雑誌の編集に関与していた私は、『アン』に関してのメッセージ依頼の手紙をコップス大臣に送ったのだが、彼女の返信には、祖母、母、自分と娘、親子四代に渡ってモンゴメリ作品のファンだと記されていた。火災の時には身の縮む思いをされたそうである。手紙はこう締めくくられている。

「たとえあなたがどこに居ようとも、PEIであろうが地球の反対側であろうが、『アン』シリーズをはじめとするモンゴメリの本を手にした途端、強い友情と家族の絆を信じることのできる特別な場所に連れて行かれるのです。私と同じくらい、あなたがモンゴメリの作品と彼女の遺産を大切に思ってくださいますように。」

（7—五頁）

アンとモンゴメリの遺産

『アン』やその生みの親モンゴメリが残した遺産が今も実在する喜びは、ファンならたとえようもないことであろう。PEIのキャヴェンディッシュ国定公園内のグリーン・ゲイブルズは、連邦政府の保護を受け管理されている。火災の事件以降、モンゴメリの暮らした時代や生活の様子を展示した資料館も設置され、以前に比べ『アン』だけではなく、その作者の人生も学べるようになってきた。グリーン・ゲイブルズの内装は、物語の描写をもとに綿密に作り上げられている。二階のアンの部屋には、マシューから贈られたというパフスリーブのドレスも飾られ、訪れる人を小説の世界に誘い込む仕掛けになっている。

二〇〇六年には、モンゴメリが育ったマクニール家の跡地も国の管理下に置かれることになった。これまでモンゴメリの親戚にあたるマクニール家の方々が、私費を投じて整備し一般公開されてきた場所である。残念ながら、モンゴメリが『アン』を執筆した家の建物は取り壊されたため現存してはいないが、農

図2　キャヴェンディッシュの家跡地（マクニール農場）を示す看板

図3　リースクデール牧師館

場は昔の面影を残す緑溢れるひっそりとした佇まいである。グリーン・ゲイブルズの近隣とはいうものの、ここまで足を伸ばす観光客は多くはない。同年春に私が訪ねた時、ジェニー・マクニールは、新しい看板が立てられたこと、近い将来グリーン・ゲイブルズと往復できる小径が作られる予定であると笑顔で語ってくれた（図2）。

実は、モンゴメリが執筆した家が、オンタリオ州に今も三つ残っている。そのうちの一つで一般公開を目指しているのは、モンゴメリが結婚後の一九一一年から一九二六年にかけて暮らしたリースクデール村にある牧師館である（図3）。村は大都市トロントから北東へ車で数時間といった距離である。この牧師館のパーラーで『アン』の続編は勿論のこと、『黄金の道』、『青い城』やエミリー・シリーズなど多くの作品が生まれた。リースクデール時代が、作家モンゴメリにとって最も充実した時期といえよう。また、私生活ではふたりの息子に恵まれ、幸せな日々を過ごした。牧師館は、一九六五年にオンタリオ州歴史遺産に、九七年には国の歴史遺産として認定され、ゆっくりではあるが修復作業が進められている。二〇〇一年秋には、外壁を覆っていた白いしっくいがはがされ、モンゴメリ一家が暮らしていた頃のレンガの壁に戻された。州や国の保護指定を受けたものの十分な資金援助が施されないことから、地域の有志がオンタリオ州モンゴメリ協会（The L. M. Montgomery Society of Ontario）を発足させ、募金活動を続けている。牧師館のすぐ近くには、夫ユーアン・マクドナルド牧師が務めた長老派教会が建っている。ここで毎年秋にモンゴメリ・デイの催しがある。その日は、研究家を招いての講演会、朗読会、教会でのバザーなどボランティアの女性達が活躍する。その姿から、おそらくモンゴメリの暮らした時代もそうであったように、今も変わらぬ村人の献身的な働きぶりを垣間みるのであった。

この村には、モンゴメリが弾いたオルガン、彼女のドレスや手製の子どもたちの衣服、モンゴメリの名前入りの戦時中のキルトなどが今も残っている。

リースクデールが観光地化されるのを望まない村人がいることに関して、協会長のナイナ・エリオットが、以前、語ってくださった。

「観光地化への不安など、さまざまな意見もあるでしょうが、とにかくマクドナルド夫人は、熱心に働いた女性で、村の人たちにとても慕われていました。その彼女の思い出を残していきたいんで

図４　オンタリオ州モンゴメリ協会の新しいモンゴメリのイメージ

す。」（８―九五頁）

この村には、作家以外の「マクドナルド夫人」としての顔をもつモンゴメリが確かに暮らしていたのであると頷いたのであった。

二〇〇六年には、新しいモンゴメリのイメージが発表された（図４）。モンゴメリ協会が地元の芸術家ロン・ベアードとリンダ・ベアードに依頼したもので、おしゃれであったと定評のあるモンゴメリらしく小粋な帽子をかぶり、その手には、武器のような大きなペンを持っている。力強さを感じさせるモンゴメリ像である。

ＰＥＩはアンの島だが、リースクデールは、モンゴメリの思い出を残す土地である。将来、教会はモンゴメリ資料館として、牧師館もそのままの姿で一般公開を目指している。モンゴメリのファンとして、同協会のボランティアの一員として、私は、その夢が一日も早く実現するようにと願わずにはいられない。

アンとメディア

小説の中では失敗ばかりしてお騒がせなアンだが、今ではメディアを騒がせる。九七年のグリーン・ゲイブルズの火災時には、キンドレッド・スピリッツのメーリングリスト（世界各地のモンゴメリのファンで構成されるネット上のコミュニティ、現在のホストは The L. M. Montgomery Institute）でも騒然となった。いち早くニュースが伝わったことから、見舞金などの集まりも非常に早かったという。

九九年七月七日のカナダ国営放送ＣＢＣの記事「苦い争いグリーン・ゲイブルズを襲う」の出だしは、「グリーン・ゲイブルズのアン、またもや、いたずらでお騒がせ。今回のアンの窮地は、契約と弁護士と莫大な現金がからむ。」まるで、大衆紙の見出しだが、アン・シリーズの映画制作会社とモンゴメリの子孫との利権問題は、度々カナダのニュースに登場している。同題材を追った二〇〇三年一〇月二五日の全国紙『グローブ＆メール』の記事は、「赤毛の少女法廷へ」、続く一一月一五日には、"Anne of Green Gavels?" と題する記事が掲載された。原題 *Anne of Green Gables* をもじっているのは見ての通り。ちなみに

gavelは裁判長が持つ木槌を指す。タイトルだけで、読者はアン関連の記事であるとすぐにわかり、目がひきつけられる。

同紙九九年八月七日の紙面にモンゴメリ関連本二冊の書評が掲載された。「ルーシー・モード、文化の象徴」と題するその記事には『アン』を楽しげに読む少女の写真があり、「カナダの儀式のひとつ」と説明が付けられている。モンゴメリはカナダ文化の象徴であり、『アン』を読むのはカナダの少女の通過儀礼といえよう。

二〇〇〇年、またもやアン騒動が持ち上がった。ローラ・ロビンソンの論文「腹心の友、モンゴメリのアン・ブックスにみるレズビアン願望」が、内容を把握していない新聞記者によって、「アンはレズビアン」という短絡的な報道をされてしまったのである。イメージを壊されたと怒るアンのファンから攻撃を受けたロビンソンは、激しく傷つく結果となった。アカデミックな人文系論文が、新聞やラジオ、インターネットなどメディアで幾度も取り上げられ、これほどまで世間を騒がせた例はかつてないのではないか。それだけ、アンに対して清純なイメージを持つファンが多いということでもあろう。

アンのみならず、モンゴメリ自身のセクシュアリティーも話題になった。二〇〇四年一月十七日の『グローブ&メール』紙に、"The Full Lucy"と題する『モンゴメリ日記』五巻目の書評が掲載された。九七年の映画『フル・モンティ』(*The Full Monty*, 無職の男たちがストリッパーに成る物語)をもじったタイトルだとロビンソンは指摘している(9)。記事は、『日記』の編者メアリー・ルビオへのインタビューから始まっている。

「それで、モンゴメリの晩年最後の六、七年ですが、彼女レズビアンにならなかったのですか?」

「なりませんよ、とんでもない。」

これでは、まるでスキャンダラスな芸能インタビュー記事である。モンゴメリが若い女性ファンからきわどい内容の手紙を度々受け取っていたことは、日記に詳しく描写されている。新聞記者が扇情的な記事を書いてしまうのも分からなくはない。

今はもう、大手メディアばかりではなく、個人も情報を発信する時代である。一般読者も、自分の思い描く『アン』やその作者について語っている。ここ数年、サーチエンジンGoogleのニュースやブログの通知サービスを利用しているが、毎日のように、北米のどこかの高校でミュージカル『アン』を上演中だとか、アン関連のイベントが何処そこで催されるというニュースが届く。同時に、ブログ通知は日に何度も届く。刻々と世界のどこかで誰かがモンゴメリや『アン』に関して、何かしら書いてネット上で公表しているという事実に驚く。ブログを書く人の年齢層は、小学生から高齢者迄と幅広い。『アン』は、単に児童文学のジャンルにはおさまりきらないようである。ベンジャミン・レフェーヴによると、現在では**"crossover"**（交差、異種混合を意味する。十代の若者から大人にも読まれる）作品と捉えられているという(10)。

二〇〇〇年五月三一日のCBCラジオ放送の、「アンはレズビアンか」という問いに、エリザベス・ウォーターストンは、そういう考え方ができるのも、『アン』が、それだけ多様に柔軟に解釈可能な素晴らしい小説だからだと返答している。読者にとっても学者にとっても語りがいのある作品だからであろう。カナダ国内で出版されるモンゴメリ関連の記事や論文の数は年々増加の傾向にある。

小説『アン』は多彩な味がある幾層ものレヤー・ケーキに例えられる。一番上の層にかかっている砂糖だけを舐めて満足する読者もいるだろうし、奥底まで吟味する読者もいるであろう。もしかすると小説『アン』の底には、アンが焼いた痛み止めの塗り薬入りレヤー・ケーキのような苦みもあるかもしれない。モンゴメリのメッセージが隠し味となって、それぞれの層に潜んでいるのである。

読む度に味わいのある『アン』とその作者モンゴメリへの関心は、深まるばかりである。二〇〇八年、カナダ連邦政府と州政府の援助のもと、ＰＥＩでは年間を通じて『アン』出版百年を祝う。同年六月には、世界中から研究者やファンが、プリンス・エドワード島大学にて行われるモンゴメリ国際学会に集う。

そうして、また、新たなアンが暴かれていく。

引用文献

（1） Egoff, Sheila. *The Republic of Childhood: A Critical Guide to Canadian Children's Literature in English.* Toronto: Oxford University Press, 1967.
（2） Montgomery, L. M. *Anne of Green Gables.* Edited by Cecily Devereux. Peterborough, Canada: Broadview

Press, 2004.

（3）　Fotheringham, Allan. “Rebel daughter’s anger simmers.” *The Calgary Sunday Sun*. September 29, 1996.

（4）　赤松佳子訳、メアリー・ルビオ「ほこりを払って――〈L・M・モンゴメリの日誌〉編集に関わるいくつかの問題点」（ノートルダム清心女子大学紀要、文化学編第二二巻一号、一九九八、八八―一〇四頁）

（5）　Kubacki, Maria & Charles Enman. “Outlaws Storming the Ivory Tower.” *New Brunswick Telegraph Journal*. Saturday, June 29, 1996.

（6）　Atwood, Margaret. “Reflection Piece, Revisitng Anne.” *L. M. Montgomery and Canadian Culture*. Edited by Irene Gammel and Elizabeth Epperly. Toronto: University of Toronto Press, 1999.

（7）　「オーロラ」（第一八号、一九九九）

（8）　梶原由佳『「赤毛のアン」を書きたくなかったモンゴメリ』（青山出版社、二〇〇〇）

（9）　Robinson, Laura M. “‘Outrageously sexual’ Anne”: The Media and Montgomery.（未発表）

（10）　Lefebvre, Benjamin. “Pigsties and Sunsets: L. M. Montgomery, *A Tangled Web*, and a Modernism of Her Own.” *English Studies in Canada* 31. 4（December 2005）: 123–46.

CHAPTER 7

『赤毛のアン』と村岡花子

村岡恵理

L. M. Montgomery

宣教師と桜

物語の中の日本　祖母、村岡花子（一八九三―一九六八）の青春時代の詠草に、こんな歌が残っている。

さくら散る夕べとなればさめざめと　狂女のごとも嘆かれにける

花子は、一〇歳から二〇歳までの、明治の末から大正の初めの一〇年間を、カナダ系ミッション・スクール、東洋英和女学校の寄宿舎で過した。麻布の鳥居坂と呼ばれる通りは、当時、桜並木で、間にはガス燈が立っていた。おぼろ月のかかった春の夕暮、桜の花びらが舞い、ガス燈がひとつずつ点火されていくさまは、実に泣きたくなるような哀れ深い情趣だった。そして、袴姿に髪を大きく結い上げた女学生、いわゆる「はいからさん」の花子たちもまた、その景色のひと色となって溶けていたのだろう。寄宿舎きっての文学少女だった花子の胸には、一六歳頃から、書きたい、文筆をもって自立したい、という情熱が芽生え始めていた。しかし、女性の道の開かれていない時代である。どうすればよいのか、何を書くべきか、情熱に相まった未知に対する畏怖が、花びらに誘われて、冒頭の歌のような述懐になった。

花子がこの歌を詠んだ頃、モンゴメリによって書かれたアン・シリーズにも日本の桜の花びらが迷い込んでいた。サマーサイドの柳風荘にて、アンがギルバートへ宛てた手紙の中である。

「プリシラから『日本にいるあたしの友達』が送ってくれたという紙に書いた手紙を受け取りまし

た——それは亡霊のようにぼんやりと桜の花を散らした絹のような薄い紙です。そのプリシラの友達という人をあたしはもしかしたらとかんぐり始めております」
（アンの幸福・四章）

花の散り行く姿に、無常観を映し、心乱される感覚を私たち日本人はＤＮＡの単位で記憶している。桜の花を漉き込んだ和紙は、私たちには馴染み深い。この日本の伝統工芸を、作者モンゴメリが実際に手にしたのだとしたら、遠い日本にどのような思いを馳せたのだろうか。「亡霊のようにぼんやりと」という表現は、モンゴメリが和紙の桜から、そこはかとなく哀れなるものを感受していたことを思わせる。

アンの「もしかしたら」は的中し、レドモンド大学時代、「パティの家」でアンと共同生活をしていたプリシラは、その和紙の送り主である宣教師と結婚し、日本へ渡った。

「あのころ、あたしは外国に行く宣教師は、食人種の中へ命がけで入っていく娘を望むなら、器量のことをあんなにやかましく言ってはいられないだろうと考えていたのよ。プリシラが結婚した宣教師を見せたかったわ。あたしたちが前から自分たちの結婚相手として空想していた人物に負けない好男子で測り知れぬ深みがあったことよ。あれほど身づくろいのいい人は見たことないし、プリシラの「この世のものとも思われない、金色の美しさ」に夢中になっていたわよ。でも、もちろん日本には食人種なんていないけれど」
（『アンの夢の家』・一章）

事実モンゴメリが生きた一八七四年から一九四二年は、英米同様、カナダからも多くの優秀な宣教師が来日し、日本の近代社会発展に貢献している。日本人が食人種でないこと、桜を愛す国民であることを恐らくモンゴメリは宣教師から聞いたのだろう。

メソジスト派と女子教育　一八七三年に日本伝道を開始したカナダ・メソジスト派宣教師は、一八八四年に花子の母校、東洋英和女学校、次いで静岡、山梨に姉妹校を創立し、女子教育への貢献を今に伝えている。東洋英和女学校の創設者、Ｄ・マクドナルド氏はスコットランド系カナダ人で、プリンス・エドワード島で牧師になり、聖職者であると同時に医学博士でもあった。長老派、聖公会、国教会に属するカナダ人宣教師の来日も見られるが、彼らは米国や英国の教会から派遣されている。カナダの教会として日本に伝道の足跡を遺したのはメソジスト派のみである。

図１「ふくらんだ袖のドレス」を纏った東洋英和女学校初代校長　ミス・カートメル

メソジストとは、Method（教則）からきており、生まじめで堅苦しい人という意味である。元来、長老派などの他派から、どちらかと言えば蔑称としてついた呼び名を、そのまま自分たち一派の名前にしてしまった。アンの隣人で熱心な長老派信者のミス・コーネリアからも、メソジスト派はさんざんにこきおろされている。彼女に言わせると、メソジスト教会は「下層階級が行く」（『アンの夢の家』八章）教会であり、信徒たちは、「まるでユダヤ人のようにさすらい歩きをしている」となる。これに対し、アンは「今まで聞いたお祈りの中で一番美しかった」とメソジスト派を弁護し、ジム船長も、「女衆にもお説教をさせる」（『アンの夢の家』十五章）と言ってその進歩的な点を挙げている。確かにメソジスト教会は、一八世紀半ばに英国で生れた新興教会として歴史的にも若く、先住民、フランス人、ドイツ人、中国人移民など、当時のカナダ社会において、虐げられた貧しい人々への伝道を本分としていた。そして、その使命感は、キリスト教的に未開の国であった日本伝道への情熱と飛躍したのである。

メソジスト教会本部は、日本に東洋英和女学校に婦人宣教師たちを派遣した。「女子の教育は女性の手によって」という考えに基づいて。彼女たちは、モンゴメリと同じく高い教育を受けたカナダ東部出身者であった。花子はここにいた。東洋英和女学校の生徒として十年間、山梨英和での英語教師時代を含めると、実に一五年間にわたり、カナダ人婦人宣教師たちと起臥を共にし、日本にいながら、キリスト教とモンゴメリの時代のカナダ文化に包まれて過した。ここで受けた教育、キリスト教の精神、そして身につけた文化が三十年余り後、*Anne of Green Gables* を翻訳する上で花子に重要な伏線を与えることとなる。

翻訳家としての礎《いしずえ》

徹底した英語教育

当時の東洋英和女学校の生徒たちは、下層階級どころか、日本社会においては上流階級の令嬢たちであった。まだ一般的に「女子に学問はいらない」とされてはいたが唯、華族と呼ばれる特権階級、政財界の富裕層には、高い教育を受ける需要があった。しかし、花子は貧しい茶商人の娘である。花子が入学を許されたのは、父、安中逸平と学校創設者たちとの信仰上の繋がりによる。花子も二歳でカ

図２　花子が教育を受けたカナダ人婦人宣教師たち

ナダ・メソジスト派の幼児洗礼を受ける。

一九〇三年、一〇歳の花子は、給費生として東洋英和の寄宿舎へ入った。給費生とは、学費が免除されるかわりに、成績が思わしくなければ即刻退校という境遇である。また、カナダ人婦人宣教師が運営していた永坂孤女院や貧民学校に日曜学校の教師として奉仕することが義務づけられていた。

この年、日露戦争が始まる。日本の官の教育は富国強兵を目指した男子中心の教育へと偏っていったが、ここは別世界であった。生徒たちにはまず、六十か条の英文の校則、「60sentences」の暗誦が義務付けられた。これはキリスト教に基づいた規則正しい生活だけではなく、英文法の基本も身に付くように作られていた。毎朝、毎夕、英語で礼拝が守られ、掃除やベッド・メイキング、料理、お茶会など、西洋の習慣や暮らし方も覚えた。午前中に日本人教師による日本の学科が、午後は、カナダ人婦人宣教師により、英会話、英文法、英作文、英文学、世界史、世界地理、修辞学、比較宗教学、聖書文学という科目が、英語で行われていた。聖書に関しても、さまざまな詩人やシェイクスピアの作品を引いて面白く教えられた。英文学を勉強する上では極めて恵まれた環境だったといえよう。その上、花子は授業以外の時間のほとんどを図書室で過ごしている。

> 日本語では小説らしい小説などなかった図書室だったが、その代わりに英語の小説はたくさんに揃っていた。スコット、ディケンズ、サッカレー、シャーロット・ブロンテや、そのほかの群小作家のものなど、およそ少しでも「古さ」という光沢のかかって来たものは、その書架にぎっしりと並んでいた。乙女盛りともいうべき日々を、図書室の片隅で明けても暮れても古めかしい中世期を舞台にしたロマンスに読みふけっていた私は、表面に映った静けさに似もやらぬ奔放な、美しい夢を心に持った娘として、誰と語り合うのでもないひとりの道を歩んでいた。（1―五二頁）

花子は詩を熱愛した。テニスン、ブラウニング、バーンズ、キプリング、ブライアント、シェリー、バイロン、ロングフェロー、ワーズワース、ミセス・ヘマンズ……。美しい装丁のこれらの詩集には所々に書き込みや、懐紙に包んだすみれの花やクローバーが挟まれ、花子の青春の標《しるべ》となっている。寄宿舎では月に一度、文学会が催され、花子は詩を暗誦したり、友人たちと「対話」や「活人画」といったプログラムに出演した。

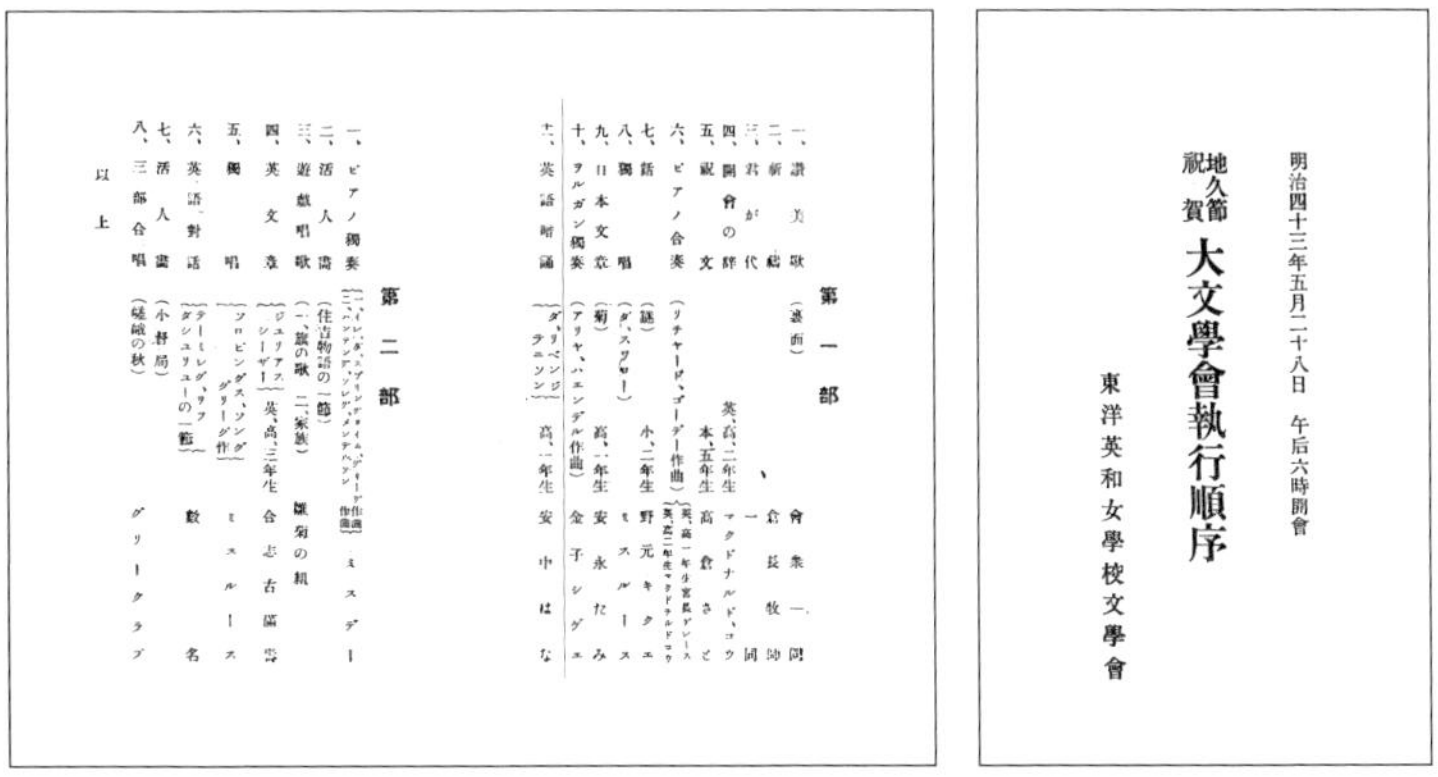
明治四十三年五月二十八日　午后六時開會

地久節祝賀　大文學會執行順序

東洋英和女學校文學會

第一部

一、讃美歌（表面）　會衆一同
二、新入生紹介　倉長牧師
三、君が代　一同
四、開會の辞　英、高、二年生　マクドナルド、コウ
五、祝文　本、五年生　高倉さと
六、ピアノ合奏（リチャード、ゴーデー作曲）
七、話（謎）　小、二年生　野元キクヱ
八、獨唱（ダ、スワロー）　ミスルース
九、日本文章（菊）　高、一年生　安永たみ
十、ヲルガン獨奏（アリヤ、ハエンデル作曲）　金子シゲヱ
十一、英語暗誦（ダ、リベンジ　テニソン）　高、一年生　安中はな

第二部

一、ピアノ獨奏　ミスデー
二、活人畵（住吉物語の一節）
三、遊戯唱歌（一、旗の歌　二、家族）　雛菊の組
四、英文章（ジュリアス、シーザー）　英、高、三年生　合志古満喜
五、獨唱（ソロビングス、ソング　グリーグ作）　ミスルース
六、英語、對話（テーミレグ、ラフ　ダシユリユーの一節）　數名
七、活人畵（小督局）
八、三部合唱（嵯峨の秋）　グリークラブ

以上

図3　明治四十三年大文學會執行順序　安中はな（花子の旧姓）の名前が見られる

一七歳になった時、同じ教室に柳原燁子《あきこ》が編入してきた。のちの歌人、柳原白蓮《びゃくれん》である。花子はこの美しい年上の親友のために、自分が読んだ小説や詩を翻訳し、それを白蓮も歓迎した。この友情は花子にとって初恋にも似た感情であった。白蓮の自叙伝にこんな一節がある。

「村岡さんは、もうその頃から語学の天才で、英語の詩や小説を私のために読んでくれるのでありました。あるとき、テニスンの『王の牧歌集』の詩を翻訳したノートを貸してくれたことがありました。それは、アーサー王妃ギニビアの物語でしたが、最後の結びに『乙女の恋は栄光の冠、人妻の恋はいばらの十字架、燃えさかる恋の焔に二つはなかろうものを、人の世の制裁《おきて》は悲しくも冷たい』という文句がありました。そのときはただ面白い物語として読みすごしただけですが、のちに自分がこの物語の女王と同じような運命を辿ろうなどとは夢にも思っていませんでした。」（2）

花子が送ったテニスンの詩が、世に言う「白蓮事件」、世紀のロマンスを暗示していたというわけだが、もちろん花子もそんなことは夢にも思っていない。ただ、この物語は『赤毛のアン』二十八章、アンが友人たちと興じたエレーン姫ごっこの元となる『ランスロットとエレーン』と同じテニスンの『王の牧歌集』からの引用である。三十数年後、***Anne of Green Gables*** を翻訳中、ここでテニスンに再会した花子の胸には、青春の日々の思い出が熱く甦ったことであろう。

日本文学の素養　白蓮から花子が受けた恩恵で、もうひとつ特筆すべきことがある。白蓮は英学偏重で、国文学の素養に欠けることが悩みであった花子を、短歌の佐佐木信綱師に紹介した。歌壇、文壇のみならず様々な芸術方面に人材を輩出した信綱門下の、花子も末席に名を連ねた。そして、十年間にわたり弟子として詠草を持って通い、『万葉集』、『源氏物語』などの講義を受けたのであった。一時は本気で歌人を目指した。だが、同志たちの才能を前に、花子は自分の天賦のなさを痛感し、苦い挫折感を味わう。しかし、日本の古典文学を学び、歌を詠んで磨かれた日本語の感覚というのは、東洋英和で仕込まれた英語力と等しく、いや、それ以上に、後の花子の翻訳家としての道の礎《いしずえ》となった。また、ここで片山廣子と出会ったことも大きな収穫であった。既に、信綱門下を代表する歌人であった廣子は、アイルランド文学の翻訳家でもあり、花子にとっては、東洋英和の先輩でもあった。廣子の自宅の本棚には、それまで花子が学校の図書室では見たことのない作家の名前が並んでいた。ショー、ワイルド、メーテルリンク、シング、ダンセニイ、グレゴリー夫人……。廣子の導きで近代文学の扉を開き、近代思想に触れた花子は、寄宿舎の文学少女から、自立を目指す近代女性へと変わりつつあった。

卒業式、花子は生徒を代表して『日本婦人の過去、現在と将来』と題した英文の論文を読んでいる。その最後はテニスンの『イン・メモリアム』からの一句、「古き制度はかわりゆく、新しきものに場所をゆずりつつ」で結ばれていた。そして校長、ミス・ブラックモアは、ブラウニングの詩から「我と共に老いよ最上のものはなお後にきたる」の一節を以て生徒の前途を祝した。

曲がり角の先に

家庭文学への道　卒業後、四年間の英語教師生活の間、24歳で翻訳童話集『爐邉《ろへん》』、をはじめて出版する。その前書きの中で早くも花子は、家庭文学への思いを表明している。

「姉も妹も父も母も一緒に集まって、聲出して読んでも困る所のないような家庭向きの読物がたくさんにこの日本にも出版されるようにとの祈で御座いました。此処に収めた十三篇も、そうした考えで選び出したものを訳したので御座いますが、或いは平凡すぎるとの誹《そしり》を受けるかもしれません。然し、私は「平凡」と言うことは強ち恥ではないと思います。寧ろ貴いものだとも考えます。唯、自分の「平凡」が頗る垢抜けしていない事を悲しみます。洗練された「平凡」それは直ちに非凡に通ずるものであると思って居りますから。」　（3）

『爐邉』の出版を機に再び東京に戻り、銀座の教文館でキリスト教関係の翻訳の仕事をしていた花子は、仕事を通じて村岡儆三と出会う。儆三の父、村岡平吉は、米国・長老派宣教師、ヘボン博士一派に教えを受け、一八九八年に、聖書・讃美歌の印刷を一手に引き受ける福音印刷株式会社を設立した。儆三はその跡継ぎであった。当時としては新しい恋愛結婚である。大森に新居を構え、翌年には長男、道雄が誕生した。これは、幼くして家族と離れた花子にとって、ようやく手にすることのできた「家庭」であった。

図4　左・花子に原書を手渡したミスL・L・ショー

しかし、一九二三年、関東大震災が起こり、儆三が父から受継いだ事業は灰燼に帰す。七〇人余りの従業員が出版を控えた聖書と共に圧死し、ふたりは大きな責任と負債を背負うこととなる。儆三は事業の復興に奔走し、花子のペンが家計を支える手段へと変わった。奮闘するふたりを、三年後、さらなる不幸が襲った。満六歳を迎える道雄が疫痢にかかり、わずか一昼夜で忽然と世を去ったのである。

花子は半年間というもの、本を読む気力も、ペンを持つ気力も、信仰をも失い、ただただ悲嘆に暮れるひとりの母親であった。そんな花子に、片山廣子女史からマーク・トウェインの *The Prince and The Pauper* が送られた。この本を繙《ひもと》き、久しぶりに寝食を忘れて読書に没頭した花子は、読了後、ひとつの境地に至る。——自分の子どもは失ったけれど、日本中の子どもや若い人たちのために上質な「家庭文学」を翻訳していこう——哀しみの果て、三三歳にして、自分の歩むべき道をはっきりと見据えた。翌年、巻頭に「わが幻の少年、道雄の霊に捧ぐ」という献辞を添えて『王子と乞食』は平凡社より出版された。

『赤毛のアン』との出会い　以後、宣教師仕込みの英語力と、信綱門下で磨かれた日本語の表現力が融合していくかのように、花子の翻訳家の道が開かれていった。E・ポーター、パール・バック、ストウ夫人の伝記などの作品を次々に訳出していく。道雄を失った哀しみは、長女、みどりの成長によって次第に癒され、花子は再び家庭と仕事に充実した日々を取り戻していった。そして、いつかカナダの文学を日本の読者に紹介したいとの思いを抱くようになる。しかし、第二次世界大戦という大きな暗雲が花子の道を阻んだ。英語は敵国語とみなされ、日本の近代社会に心身を捧げてきた宣教師たちも帰国を余儀なくされた。教文館で、花子と共に編集の仕事をしていたカナダ人宣教師、ミス・ショーは、失われていく美しい日常の代わりに、花子に手ずれた一冊の本を残して行った。これが、花子と *Anne of Green Gables* との出会いである。

戦争が激化する中でも花子は疎開せず、家中の原稿用紙をかき集めて *Anne of Green Gables* の翻訳を続けていた。物語の根底にあるキリスト教的なヒューマニズム、カナダの文化や風俗は、花子の青春時代の思い出そのものであった。灯火管制下の薄暗い部屋で、恩師やミス・ショーをはじめとするカナダ人の友人たちに「友情の証」を立てるようなつもりで訳した。空襲警報が鳴ると、原書と書きかけの原稿用紙は、風呂敷に包まれ、家族と共に防空壕に避難した。「曲がり角の先にも、きっとまた素晴らしいものがある」というアンの言葉に、花子自身が照らされながら、やがて終戦を迎えることとなる。幸い家は戦火を逃れ、花子の愛蔵の詩集、原書、聖書や讃美歌もしたたかにこの時代を生きのびた。机の上には出版のあてなどない原稿用紙が積み上がっていた。

戦火であらかたを失った日本の出版界は、しばらくは戦前にあったものの復刻に追われていた。ようやく「新しいものを」という気運が高まってきたのは一九五〇年頃からである。三笠書房の編集者が再三、花子を訪ねてきた。ある時、「実はね、あるのよ。でも一九〇八年に出ているものだから、決して新しいものではないの。それにルーシー・モード・モンゴメリという、日本では知られていない作家の作品を出すなんていう冒険はお宅はなさらないでしょう。」花子は原稿を差し出した。

「赤毛のアン」と村岡花子

一九五二年五月一〇日、『赤毛のアン』は誕生した。不動のものとなっているこのタイトルは出版社側の発案で、最終的には花子の娘、みどりの意見で決定した。花子は五九歳になり、ミス・ショーから原書を手渡された日から、実に一三年もの月日が流れていた。

このわずか十日程前にアメリカの進駐軍(GHQ)が撤退し、日本は事実上の独立国となっている。一九五〇年には紙の配給制が撤廃されるが、以後、出版界は自由競争となって、むしろ統制下よりも資金や紙不足との葛藤があった。そのため初版の「赤毛のアン」は紙質も粗悪で、余白を切り詰めた中に、細かい文字がぎっしり詰まっている。そんな貧しい装丁ではあったがアンは、まさに新しい時代のヒロインとして、時を得て登場したのである。島の美しい自然描写と豊かな生活文化は、無彩色の世界に、ふいに溢れ出した彩りであった。「赤毛のアン」は多くの若い女性たちに夢と希望、そして理想を与えた。花子は「早く続きを読みたい」という読者からの手紙にせかされながら、以後六年間で、「アン」シリーズ全十巻を訳了し、その後も、『丘の家のジェーン』『果樹園のセレナーデ』『パットお嬢さん』、「エミリー」三部作

図5　左・原書ボストン・ページ社、1908年12月版　中・直筆翻訳原稿　右・『赤毛のアン』初版　三笠書房、1952年5月

を訳了した。そして『銀の森のパット』にとりかかったところで脳梗塞に倒れ、一九六八年、七五年の生涯を閉じている。

翻訳とは最終的に日本語を選ぶ仕事である。村岡花子訳の『赤毛のアン』は、情景や情況を自然な日本語で伝えることに重きが置かれている。当時はそれは当然のことであった。現代、翻訳は、逐語的な正確さとアカデミックな知識が追究される時代の傾向にあるが、花子の時代は、もう少し大らかで訳者の文学性の生きるロマンティックな時代であった。

また、花子にとって大切だったのは、話し言葉である。読み始めると、すぐに誰の言葉であるかわかるほど、言葉そのものにキャラクターが確立しており、それが物語全体にいきいきとしたリズムを与えている。これは花子自身が、活字の世界だけでなく、戦前からラジオでその声を親しまれ、口述童話や、子どもたちに語りかけることで体得した言葉の感覚である。

アンの「～と思って?」「～ってことよ」というのは、ひと昔前の東京の山の手言葉である。アンは山の手生まれというわけではないが美しいものに憧れ、快活さと優しさを併せ持つアンの、女性的な内面を表している。延々と続くお喋りも、この柔らかい語尾によって音楽のような心地よい響きを帯びる。それに対し、マリラの「まっぴらごめんだね」「ことだろうよ」などは、はっきりとした意志、頑固さ、そして、渋い人情味を含んだ気風のいい江戸前風の言葉である。リンド夫人は、時折「よござんす」「まったくのところ」と、有閑マダム風を気取る。そして、マシューの「そうさな」である。不器用なマシューの言葉の多くが、この「そうさな」で始まり、口ごもりながらも、次に愛情溢れる温かい言葉へと続く。この「そうさな」の源流は、花子の両親の実家、静岡、山梨辺りにある。これらは花子の生きた時代の生きた言葉であり、現代語にはないこの豊かな情感が、村岡花子訳の『赤毛のアン』の特徴である。

夫の印刷会社は復興が叶わなかったため、生涯、花子の仕事が家族を支え、その家族によって花子は支えられた。病や天災、戦争によって、美しい日常がいかに壊れやすく、そしていかに尊いかを知り尽くした花子とって、「家庭」は実生活の上でも、文筆の上でも最も大切なテーマであったといえよう。花子は、モンゴメリが著名作家となった後も、毅然として祖母の看病のために村に留まったこと、また、牧師夫人として、母として常に誠実であろうとした姿に、深い共鳴と尊敬を抱いていた。

図6　1945年村岡花子　東京大森の書斎にて

Anne of Green Gables を花子に託したミス・ショーは、帰国して数年内に亡くなっている。ミス・ショーだけではない、ミス・ブラックモアをはじめ、花子を育てた何人かのカナダ人宣教師たちが、戦争に胸を痛めながら祖国カナダで亡くなった。そして、モンゴメリも、自分の物語が、桜の国、日本でどれだけ愛されたかを知らずに戦時中に天上の人となっている。物語の時代は過去のものとなっていったが、日本においては花子が橋渡し役となって物語は次世代へ受け継がれた。

花子はその生涯に、実に多くの物語を翻訳した。それらは、親から子、子から孫へと読み継がれていくもの、いわゆる「家庭文学」に一貫している。文壇では「家庭文学」は女、子どもの読み物として軽視され、評価は常に低かった。しかし花子はそんな評論家や知識人の言うことには一切耳をかさず、まっすぐにそれを必要としている読者たち、すなわち子供や女性たちだけを見つめて近代という時代にペンを握り続けた。

カナダ人婦人宣教師の精神を受け継ぎ、本を通して日本の子どもや女性に夢と希望を与えることを願いとしていた花子にとって *Anne of Green Gables* は出会うべくして出会った一冊であり、『赤毛のアン』はその花子の生涯をかけた願いを大きく叶えた一冊である。

引用文献

（1）村岡花子『改訂版生きるということ』（赤毛のアン記念館・村岡花子文庫、二〇〇四）
（2）柳原燁子「柳原燁子」神崎清編『現代婦人伝』（中央公論社、一九四〇）
（3）安中はな『爐邉』（日本基督教興文協会、一九一七）

COLUMN

モンゴメリの日記とその出会い

あれは忘れもしない一九八二年夏のことである。カナダ政府の奨学金を得て、トロントでカナダ文学及び児童文学の研究調査を行っていた。そんなある日、チルドレンズ・ブック・センターの所長からガルフ大学のメアリー・ルビオ教授を紹介された。それが縁で、モンゴメリのご子息スチュアート・マクドナルド博士にもお目にかかる機会を得た。

ある日のこと、ルビオ教授は車でガルフへ連れて行ってくださり、自宅に泊めてくださった。モンゴメリとその作品について教授と夜を徹して熱く語り合ったことが今でも忘れられない。議論にだいぶ疲れた頃、教授は「おもしろいものを見せてあげましょう」と言って、何やら持ち出してこられた。それは作家の遺言により死後五〇年間は公開を禁止されていたモンゴメリの日記のオリジナルであった。当時それを見た者は筆者を含めて世界中で五指にも満たないというのに、その価値にまだ気づいていなかった筆者は、『赤毛のアン』の作者の丸々とした筆跡を珍しそうに眺めるだけであった。後日、その日記を邦訳することになるとは想像だにしなかった。その時、丁度モンゴメリの日記を最後まで読み終えた教授が「とても疲れました。まるで二人分の人生を生きたような気がします」とおっしゃったのが印象的であった。『赤毛のアン』の作者の波瀾万丈に満ちた生涯を薄々察知した瞬間であった。

モンゴメリの日記はリーガルサイズの元帳一〇冊に約二〇〇万語をもって認められ、彼女が一四歳の一八八九年から亡くなる直前一九四二年までが記録されている。その中には一四歳以前ゼロ歳時にまで遡る回想も織り込まれているので、日記から彼女のほぼ全生涯を知ることができる。

モンゴメリの日記は、日々の身の回りの出来事の単なる記録ではなく、何か書く価値がある折にのみ書きつけられたものである。中にはそのままエッセイあるいは短編小説と呼ぶに相応しい記載も少なくない。後年モンゴメリは日記を利用して子ども時代へ舞い戻り、子ども独特の思考方法や感情にふれることができたと想像される。例えば、『赤毛のアン』第四章の「ゼラニウム」や第八章の「本箱の友達」のエピソードはモンゴメリ自身の子ども時代の実話にもとづいていることが日記から判明する。

『赤毛のアン』の知名度に反し、その作者モンゴメリの実像について書かれた書物は意外に少ない。実は『赤毛のアン』出版の経緯なども含め、モンゴメリの生涯に関してこれまで不明な点が多かったが、モンゴメリの日記はそうした点を容易に解明してくれる。従ってモンゴメリ関係の資料を利用する際には、日記刊行以前に出版されているもの、また刊行後も日記を参照していないものに関しては注意が必要である。

膨大な量と職業作家の手になる記録であるため、モンゴメリの日記は単に『赤毛のアン』の作者の生涯がわかるばかりでなく、百年前の建国期カナダの社会や当時のカナダ女性の生き方や考え方を知る資料としても価値が高いものである。日記のオリジナルは、現在カナダのガルフ大学のＬ・Ｍ・モンゴメリ・コレクションに所蔵され、一九九二年より一般公開されている。その限りなく全部に近い抜粋が、Ｍ・ルビオ、Ｅ・ウォーターストン両教授により *The Selected Journals of L.M. Montgomery* として編集され、一九八五年よりオックフォード大学出版局から出版されている。二〇〇四年には最終の第五巻が出版された。（桂）

III

『赤毛のアン』をどう読むか

心に残る名場面

"...I think women would make splendid ministers. When there is a social to be got up or a church tea or anything else to raise money the women have to turn to and do the work. I'm sure Mrs. Lynde can pray every bit as well as Superintendent Bell and I've no doubt she could preach too with a little practice." (Chapter 31)

日本語訳

「……女の人だって立派な牧師になれると思う。村で何か集まりをしたり、教会でお茶の会をしたりするのにお金を集めるとき、女の人が活躍してちゃんと仕事をしてるわ。リンドのおばさんならベル牧師と同じくらい上手にお祈りができるし、少し練習すればお説教だってできるわよ。」

解説

進学のための厳しい受験勉強から解放されて夏休みを存分に楽しんだアンが、社会における女性の活躍の場についてマリラに問いかけているところ。それまでの、想像力過多でロマンティックな想像ばかりしていたアンとはかなり様子が違う。しだいにしっかりとした女性へと成長し始めているのが感じられるが、必ずしも分別のある大人ということではなく、どこか挑戦的なものを秘めた人物になりそうだと予感させる部分でもある。

CHAPTER 8

『赤毛のアン』の批評史

西村醇子

児童文学研究とモンゴメリ ―― *L. M. Montgomery*

図１　カナダの作家・挿絵画家を紹介する本

イーゴフとタウンゼンド　一九九〇年代半ばのこと、カナダで作家の経歴や主要作をまとめた『カナダの作家とイラストレーターに会おう』という本を買った。そのなかに「モンゴメリが入っている」というと、案内してくれていたシーラ・イーゴフが「入れておかないとうるさいからだ」と、不満そうに述べたのである。改めて、教師向けらしいこのガイド本を見直すと、モンゴメリの出版作だけが二〇世紀前半で、ほかの作家は（五〇年代に活躍した一人を除き）全員が七〇年代から八〇年代以降に作品を発表している（図1）。

イーゴフがモンゴメリに冷淡であったことは、ジュディス・ソールトマンと共著の『新子どもの共和国』で確かめられる。そして英国の作家で児童文学史家ジョン・ロウ・タウンゼンドが『子どもの本の歴史――英語圏の児童文学』で、イーゴフの単著だった初版『子どもの共和国』に言及していることから、モンゴメリに関する見解がイーゴフのものだったことも確かめられる。タウンゼンドは一九六五年の初版を出した後、改訂のたびに考察の対象年代や範囲を広げ、作家によってはその対象作品や挿絵の一部を変更して実状に合わせた。だが「最終版」と銘打たれた一九九五年の六版でも、次の引用部分に変更はみられない（1―上一六―一七頁）。

ケイト・ダグラス・ウィギンの『少女レベッカ』（一九〇三）と、L・M・モンゴメリーの『赤毛のアン』（一九〇八）は、非常によく似た物語である。（中略）アンがレベッカの模写だというわけではけっしてない。（中略）シーラ・イーゴフは、『子どもの共和国』という本のなかで、しぶしぶアンに合格点をあたえてはいるが、「あとにつづく巻のなかで、作者のセンチメンタルなうそがだんだんその度を増してゆくので、最初の巻までだいなしにしてしまう」と言っている。私は幸いにも、この作者のほかの本はどれも読んでいないので、アンについてはミス・イーゴフとともに、しかし彼女ほどしぶしぶとではなく、「わたしは彼女をみとめる」と言うことができる。

英国人タウンゼンドは、モンゴメリと同国人イーゴフの見解を示すことで、モンゴメリへの評価を婉曲的に正当化したかったと察せられる。また、ふたりに共通する感傷的作品への苛立ちは、次節でもわかるように、児童文学の評価でよく見られるものであった。言い換えればモンゴメリへの評価が変わるのも、正典《キャノン》と呼ばれる主流作品を対象とし、小説の形式や技法を重視する文学批評の動向が、もっと自由なものになってからとなる。

もうひとつ指摘しておきたいのは、カナダの児童文学状況である。ロドリック・マギリスは、カナダの児童文学の歴史で忘れてはならないのは、「一九七五年以前にカナダの作家の手に成る、カナダで出版された良質の児童文学がいかに少なかったかということ、もう一つは一九七五年以降、児童文学の出版が爆発的に盛んになったこと」（2―四〇七頁）だという。イーゴフはカナダの児童文学の発展に腐心していた。したがって一九九〇年代になってもモンゴメリの成功と長年の人気に張り合える作家が現われないまま、『赤毛のアン』が「いまだにもっとも著名なカナダの本である」（3―一一頁）という記述を覆せない状況に、大きな苛立ちを覚えていたとしても不思議はない。

アメリカでのモンゴメリ　つぎに『赤毛のアン』を出版したアメリカ合衆国でのモンゴメリの扱いをみておく。図書館学科の教授でもあったジーナ・サザランドはモンゴメリの『赤毛のアン』について、「カナダと同様にアメリカでも人気があった」（4―五六頁）とわずか一行の記述にとどまる。一九七五年、セベスタとアイヴァーソンは児童文学の概論『木曜日の子どものための文学』を出版した。

これら二人の男性執筆者はある章で、G・マクドナルド、F・ボウム、ルイス・キャロルなどを取り上げたのは、歴史的価値ではなく、それぞれ作品自体に価値があるからだと述べている（5―一八四頁）。モンゴメリのみならずエレナ・ポーター、ケイト・ウィギンなどの女性作家には文学的価値を見出せなかったとみえ、まったく言及していないが、主流児童文学を構成するとみなしていなかったトウェインやオルコットについても、正面から取り上げてはいない。

形式主義批評に基づき、「良い本」選定を掲げ、児童文学講座に影響力をもったレベッカ・リューケンズの『批評的児童文学ハンドブック』の場合。一九七六年の初版は未見だが、一九八二年の二版には、ポーター、ウィギンのみならずバーネットの名前もなかった。だが一九九五年の五版では、オルコットやトウェインの作品は古典として、バーネットの『秘密の花園』は、軽視されていたが古典に昇格した作品として、それぞれ扱っている（6―二八頁）。イギリスの作家作品を対象とする箇所が多かった二版に比べ、幅が広がり、ジャネット・ランやファーレィ・モワットなどのカナダの作家をとりあげるようになっているだけに、モンゴメリにまったく言及していないことが目につく。

一九九二年出版のジェリー・グリスウォルド『家なき子の物語』は、大衆に人気のあった児童書を正面から取り上げた注目すべき研究書だが、一二冊のアメリカ古典児童文学作品からアメリカのメンタリティを考察することを方針とした。そこでウィギン作の『少女レベッカ』は対象となり、モンゴメリの『赤毛のアン』は対象外となった。ただウィギンと同年代に出版された『赤毛のアン』が同じレベルでベストセラーとなっていたことを思えば、多少の苛立ちと物足りなさを感じる。二年後に出版されたアン・スコット・マクリードのほうは『アメリカの子ども時代』（一九九四）の「キャディ・ウッドローンの姉妹たち」という章でモンゴメリをウィギンと並べて言及している。ただしマクリードは、「感傷的」なアンに比べレベッカのほうが「すぐれている」と見ていた（7―一二頁）。

児童文学批評は一般文学の批評動向を手本としてきた。伝統的な批評のもとでは、カナダの女性作家による大衆的な作品は学術的な研究の対象とならなかった。だが、文学伝統の見直しと批評手法の変化によって、モンゴメリも研究対象に含められるようになる。

次章では角度を変え、『赤毛のアン』にたいする批評自体の変遷を振り返ってみたい。

モンゴメリと批評の変遷

出版後の反応　衆知のように『赤毛のアン』は、一九〇八年六月アメリカのペイジ社から出版された。モンゴメリは文通相手のウィーバー氏に同年九月一〇日付書簡で「かれこれ六〇もの書評があり、うち二つが手厳しく、一つが侮蔑的、二つがどっちつかず、残りは好意的だった」(8—七一頁) とまとめ、それらの要点を知らせている。このとき否定的評価の代表は『ニューヨーク・タイムズ』紙であったという。またもう一人の文通相手G・B・マクミランには翌年五月の手紙で英国『スペクテーター』の書評を受け取ったことを伝え、「契約している切抜き専門の会社もイギリスの書評をたくさん送ってよこした」が、同紙の書評は嬉しかったと礼を述べている (9—五二頁)。

英米ならびにカナダの各紙に掲載された書評はおおむね好評で、売れ行きとも呼応するものであった。だが一九二四年『カナダ文学の源流』を書いたマックミカン教授は、「アンは『若草物語』の家庭でくつろぐだろう」が、この古典と異なりモンゴメリの本は「一般読者の心はつかんでも、批評家を納得させるような成功はおさめなかった」(10—三三九頁) と述べるにとどまっている。

モンゴメリは一九三五年に大英帝国勲位を受けた。また、一九四二年に逝去すると、回顧的記事が発表され、根強い愛読者がいたことが確かめられる。だがそれらは直接、文学性を評価するものではなかった。それどころか『ピーターバラ・エグゼミナー』に死亡記事を寄せた執筆者に至っては、カナダには『ドン・キホーテ』や『戦争と平和』にあたる作品は望むべくもないので、『赤毛のアン』が生まれたことで満足すべきだと、カナダ文学そのものにも期待していない口ぶりである (11—二四〇—四一頁)。

一般の評価と「文芸批評家」のそれとが乖離するのは珍しいことではない。ベストセラーになったモンゴメリの『赤毛のアン』は、前章で見たような二〇世紀前半の批評動向のなか、本格的な考察を受けることはなかったのだ。

図2　モンゴメリの唯一の自伝

図3　著者ボルジャーはプリンス・エドワード島を専門とする歴史家

変化するカナダで　一九七〇年代には各方面で大きな変化があった。アメリカの公民権運動やフェミニズムの台頭は徐々に英語圏の文学研究に影響し、正典の見直しがおこる。モンゴメリに関していえば、息子スチュアート・マクドナルド編『アンの村の日々』が七四年に出版され、テレビの特集番組も放映され、生誕百年後も存在感の大きさが示された。さらにカナダ国内での変化もある。メイヴィス・ライマーによると、一九七〇年代には政府の多文化主義の動きと期を同じくして、「カナダ人の生活にたいするアメリカの圧倒的な影響に対抗する形でカナダ主義的運動」などが起こっていたという（12―一〇一五頁）。またロドリック・マギリスは、「シートンとロバーツが、ポスト・ダーウィニズムの厳しい『田園趣味』を展開した一方で、同時代のルーシー・モード・モンゴメリーは『赤毛のアン』（一九〇八）とその八冊の続篇で、より伝統的な「田園趣味」を展開」し、「大自然とそのリズムに快く調和した暮らしぶりに、読者は慰めを感じること」（2―四一一頁）ができたとみる。七〇年代にさまざまな形でモンゴメリへの関心が再燃した背景には、こうした変化があった。

資料をもとめて　伝記的批評に限らず、作品を研究するには自伝・日記・書簡が重要な基礎資料となる。モンゴメリの場合、自叙伝と言えるのは一九一七年の六月から一一月に『エヴリィ・ウーマンズ・ワールド』誌に六回にわけて「険しい道」の題で連載され、単行本化されたものだけである（図2）。これに加え、文通相手だったウィーバー氏宛て書簡をまとめて一九六〇年に出版された『グリーン・ケイブルズ書簡集』（8）など、情報源は限られていた。

そこで評伝者や研究者は、これらの資料に加え、独自の資料の発掘につとめた。たとえば『〈アン〉が生まれるまで』（一九七四）の場合。執筆者フランシス・ボルジャーはプリンス・エドワード島の歴史の権威で、その強みを活かし、地元紙に掲載された初期の短編や未刊の手紙などを情報源としている（図3）。

ボルジャー同様、苦労したと思われるのがモリー・ギレンである。トロントで女性誌『シャテレイン』の記者をしていたギレンは編集長にモンゴメリ生誕百周年企画用の記事を依頼される。インタビューなどで得た情報をもとに一九七三年七月に「モード・モンゴメリ――グリーン・ゲイブルズを書いた女性」を発表。その後もさらに調査を続けたギレンは、スコットランドのジョージ・ボイド・マクミランがモンゴ

図4　写真も豊富な『モンゴメリ日記』は全五巻

メリから来た手紙を手元に持っていることをつきとめる。それをもとに書いたのがモンゴメリの伝記『運命の紡ぎ車』（一九七五）であった。そしてギレンによって存在がわかった手紙は、カナダの図書館で保存されるようになったばかりか、一九八〇年にフランシス・ボルジャーとエリザベス・エパリー編で刊行され、誰もが読めるようになった。ギレンは、人々に知られていなかったモンゴメリの内面を明らかにするうえで、大きな功績があったのである。

一九八一年、モンゴメリの息子スチュアート・マクドナルドは、母の日記資料をガルフ大学に移管した。モンゴメリが遺言で死後五〇年間は公開を禁止していたため、一般公開は一九九二年からとなる。だが一九八五年からはメアリー・ルビオとエリザベス・ウォーターストン編集の『モンゴメリ日記』の出版が始まった。日記は二〇〇四年の五巻目で完結し、「モンゴメリの素顔」をより鮮明にしたが、編者による各巻の序文もまた、モンゴメリをとりまく状況の要約資料として有益である（図4）。

なお前述のギレンの伝記については、桂宥子も指摘するように、これらの日記資料が封印されていた時期の執筆であることを念頭に置いて読む必要があるだろう（13—五頁）。

雑誌『カナダ児童文学』　カナダで児童文学研究が本格的に始動した七〇年代に季刊誌『カナダ児童文学』の刊行も始まる。三号目のモンゴメリ特集で、序論も書いた同誌編集長ジョン・ソルフリートが七本の記事のトップに据えたのはエリザベス・ウォーターストンの「L・M・モンゴメリ」。一九六六年の『透徹した精神』から再録された同論は、その時点までのモンゴメリの経歴と評価を手際よくまとめている。アーサー・フェルプスの『カナダの作家』（一九五二）や、デズモンド・パーシー『創作について』（一九五二）がともに、「モンゴメリの筋立ては単純で、むらがあり、感傷的だ」といった、モンゴメリを見下した表面的な評価をおこなっていたこと、またH・M・リドレイによる『モンゴメリの生涯』（一九五六）が、作者の子ども期を誇張しその人生をロマンティックに美化しすぎていたなど、過去のモンゴメリ論を批判している。

つづくメアリー・ルビオの「『赤毛のアン』にみる風刺、リアリズムと想像力」は、出版当時トウェインが賛辞を呈したことに注目し、当時のロマンティシズム衰退の文脈に置きなおしてその背景を考察している。ルビオはトウェインが感傷性や宗教的偽善に反発していたので、モンゴメリ作品のそうでない部分に惹かれたと分析する。

ジリアン・トマスの「アンの衰退」は、人気シリーズはえてして二冊目から質が落ちる傾向があるが、アン・シリーズも例外ではなく、大人になったアンは医者夫人というステータスに安住し、仲人役に励む体制順応者だとみる。なお、一章で紹介した引用中でタウンゼンドが巧妙に回避したのは、まさにこうしたシリーズとしての評価そのものであった。またトマスの論は、フェミニズムの観点からの批判の一例である。

この号でもっとも注目されたのがミュリエル・ホイッティカーの「風変わりな《クィア》子どもたち」であろう。モンゴメリのヒロインたちが「風変わり」と評されることに注目し、奇妙なものを疑う社会でヒロインたちがどのような成長をとげるかを追う。そして『赤毛のアン』には「自分の運命を支配しようとする権威をもつ大人に現実の子どもが示す反応も描かれている」こと、作品のもつ現実感は「作者の経験とわかちがたく結びついている」が、モンゴメリ自身は子どもの本を見下していたことなど、その後の研究につながる問題点を指摘している。

モンゴメリ評価の新しい視座

九〇年代と研究の成熟　一九九〇年以降の変化を象徴すると思うのが、一九九二年、メイヴィス・ライマー編集の『こんなシンプルな物語が』という評論集である。一九七五年から一九八八年までに発表された『赤毛のアン』論を集めたものだが、アメリカの児童文学学会誌から何本も再録されている。そしてライマーによると、アメリカでは少女小説やシリーズ本、家庭小説、感傷小説といった伝統のなかで論じられる傾向があるが、カナダでは「赤毛のアン」を単独で、またカナダ文学の主流の作品として論じているという（14―五頁）。

一九九二年ジュヌヴィエーヴ・ウィギンズによる評伝『L・M・モンゴメリ』が出版された。児童文学

図5 『赤毛のアン 完全版』として邦訳されている

作家の評伝シリーズを手がけているトウェイン社から出版されたことを含めて、ようやく児童文学研究の主流で、モンゴメリ研究が扱われるようになったことがわかる。

一九九四年に『カナダ児童文学』誌は単行本『アザミの収穫』を出す。これは第一回L・M・モンゴメリ国際シンポジウムを記念して出版されたもので、中には読者反応を意識したもの、ジェンダーに注目したもの、そしてモンゴメリの原稿や日記のもたらした新情報を精査したものと、個別の作品論など一八本の論文が収録され、モンゴメリ研究の充実が感じられる。

テクスト研究では、まず一九九七年に詳細な注釈版が出た。この本はテクストの異同、文化的注釈をつけた本格的なもので、付録論文はモンゴメリの引用したものを紹介しながら、影響関係をあとづけている。エッセイは背景として文化的知識を補い、現代の読者の理解を助けるもので、モンゴメリ研究のひとつの成熟度を示すだろう（図5）。

なお決定版テクスト・シリーズで定評あるノートン社からも二〇〇七年にメアリー・ルビオとエリザベス・ウォーターストン編集で『赤毛のアン』が出版されている。

生誕一二五年にあたる一九九九年（雑誌『カナダ児童文学』に、再び特集が組まれた）ころから文化研究の流れが目につくが、ひとつの成果が『L・M・モンゴメリとカナダ文化』（一九九九）である。

再検証される論考

一九九〇年代以降のモンゴメリ研究とは、それ以前に発表された論考を書き換えながらおこなわれていることが特徴といえよう。筆者が見た範囲でも、ジリアン・トマス（一九七五）やマクリユリック（一九八五）、オーマンスーン（一九九一）の著書や論文は先行論文としてたびたび問い直されている。たとえば『ライオン・アンド・ユニコーン』誌に二〇〇一年に掲載されたマーラ・グーバーの「男の子はどこに？——『赤毛のアン』シリーズにおける先延ばしの楽しみ」は、赤毛のアンを単独ではなく、シリーズとして取り上げることの必然性と面白さを示した読み応えのある論考だ。

『ウィンドウズ・アンド・ワーズ』（二〇〇三）に収録された「L・M・モンゴメリとほかの人たち」でヴァージニア・ケアレスは、それまでの間テクスト批評にもとづくモンゴメリ作品の検証が、あまりに曖昧であることを批判し、文化研究の立場からみれば自明でしかない髪形や服装の問題が、アンやレベッカの類似点として過大視されていると指摘している。

モンゴメリが執筆したころの文化的状況は、いろいろな角度から取り上げられているが、なかでは、同じく『ウィンドウズ・アンド・ワーズ』に収録された、シシリー・デブロー「あの恐るべき新しい女の一人ではなく――アン・シャーリーと帝国の母の文化」(二〇〇三)がポストコロニアル批評の例として興味深い。まずモンゴメリ作品にたいして投げかけられた批判。母親業を賞賛するアンたちの姿勢が、ジリアン・トマスからはアンの堕落としてとられた、また主人公に社会と対決させない伝統を克服しそこねたというのがT・D・マクリュリックの批判だった。だがデブローはシリーズで母性が前景化されているのは、二〇世紀初めのフェミニズムの状況を正しく理解すれば、たくみに当時のディスコースを利用してアンが帝国の最後の希望の権化として描かれていたことがわかるはずだと結ぶ。

今後の課題　モンゴメリの伝記として一九九五年に出版された『〈赤毛のアン〉の素顔L・M・モンゴメリー』の著者二人は、日記の編者でもある。彼らによるとたとえば、一八九七年から九八年にかけて、モンゴメリは「創作に励むかたわら」「憑かれたように日記も書きつづけていた。日々の出来事を自分一人を読者とするひとつの物語に脚色して」(15―四〇頁)という。

わたしたち読者にとって、日記は隠された心の〈真実の〉吐露のように見えるが、もうひとつ裏には疑いもなくさらに隠された心がある。それは作り直したり、強調しないとありきたりでつまらないとして、日記に書かれなかった部分である(15―四三頁)。

日記を経て作品に戻ると、明るい物語の裏に、モンゴメリのもうひとつの顔が透けてみえる。だが、著者たちが指摘するように、その日記自体に落とし穴があることは、われわれも忘れてはならない。

批評は時代とともに変わり続け、これからも新しい切り口は出てくるだろう。文化研究の発展で、作品の背景が見えてきて、読みが試されると同時に、新たな発見ももたらしている。その背景についても、学際的な研究がますます必要になるだろう。

問題はもっと別のところにあるような気がする。それは、筆者を含めて多くの研究者が『赤毛のアン』を思春期に読んできた世代だということである。これまでは、少女小説の定番として読んできた世代がのちに、再度モンゴメリに向かい合うことが多かった。だがこの流れは確実に変化し、必ずしも思春期に『赤毛のアン』を読んでいない研究者も登場しつつある。古典の一冊として研究するのが悪いとはいわないが、『赤毛のアン』という作品は、もともとそういう読みを前提としていない――このことが研究にどう響くかはまだわからないのだが。

『赤毛のアン』は百年という年月を生きてきた。つぎは、時代を超える研究が問われる番であろうか。

引用文献

（1）ジョン・ロウ・タウンゼンド、高杉一郎訳『子どもの本の歴史――英語圏の歴史』上・下（岩波書店、一九八二）[Townsend, John Rowe. *Written for Children: An Outline of English-language Children's Literature.* Harmondsworth: Penguin Books Ltd., 1965.]

（2）ロドリック・マギリス「カナダ」、ピーター・ハント編『子どもの本の歴史――写真とイラストでたどる』（柏書房、二〇〇一、四〇六―四一八）[Hunt, Peter ed. *Children's Literature: an Illustrated History.* Oxford: OUP, 1995. Chapter 12 "Colonial and Post-Colonial Children's Literature" 'Canada—Roderick McGillis' pp. 333–42.]

（3）Egoff, Sheila and Judith Saltman. *The New Republic of Childhood : A Critical Guide to Canadian Children's Literature in English.* Toronto: OUP, 1990, p. 11, pp. 36–38.

（4）Sutherland, Zena. *Children and Books.* New York: Addison Wesley Longman, Inc., 9th ed.,1996.

（5）Sebesta, Sam Leaton and William J. Iverson. *Literature for Thursday's Child.* Chicago: Science Resarch Associates, Inc. 1975.

（6）Lukens, Rebecca J. A. *Critical Handbook of Children's Literature.* Glenview, Ill.: Scott, Foreman and Co., 2nd ed., 1982. New York: HarperCollins College Publishers, 5th ed., 1995 p. 28./ New York: Longman, 6th ed., 1999, p. 30, pp. 98–99.

（7）MacLeod, Anne Scott. *American Childhood: Essays on Children's Literature of the Nineteenth and Twentieth Centuries.* Athens: University of Georgia Press, 1994.

（8）Eggleston, Wilfrid, ed. *The Green Gables Letters: from L. M. Montgomery to Ephraim Weber, 1905–1909.* Ottawa: Borealis Press, 1981.

（9）フランシス・ボールジャー、エリザベス・エパリー編、宮武潤三、宮武順子訳『モンゴメリ書簡集Ⅰ――G・B・マクミランへの手紙』（篠崎書林、一九九二）[Bolger, Francis W. P. and Elizabeth R. Epperly, eds. *My Dear*

Mr. M: Letters to G. B. Macmillan. Toronto: McGraw-Hill Ryerson, 1980.]

（10）MacMechan, Archibald. *Head-Waters of Canadian Literature*. Toronto: McClelland and Stewart, 1924, pp. 209–12. Mary Henley Rubio and Elizabeth Waterston, eds. *Anne of Green Gables*. New York: Norton 2007, pp. 339–340.

（11）Davies, Robertson. "obituary comment" in *Peterborough Examiner* 2 May 1942: 4.

（12）Reimer, Mavis. "Canada". *International Companion Encyclopedia of Children's Literature*. Ed. Peter Hunt. London & New York: Routledge, 2nd ed., 2004. vol. 2, pp. 1011–19.

（13）桂宥子『Ｌ・Ｍ・モンゴメリ』（KTC中央出版、二〇〇三）

（14）Reimer, Mavis, ed. *Such a Simple Little Tale: Critical Responses to L. M. Montgomery's Anne of Green Gables*. Metuchen, N.J.: The Children's Literature Association & Scarecrow Press, Inc., 1992.

（15）メアリー・ルビオ、エリザベス・ウォーターストーン、槙朝子訳『〈赤毛のアン〉の素顔　Ｌ・Ｍ・モンゴメリー』（ほるぷ出版、一九九六）［Rubio, Mary and Elizabeth Waterston. *Writing a Life: L. M. Montgomery*. Toronto: ECW Press, 1995.］

CHAPTER 9

自然へのまなざし

アンの想像力の特質

髙田賢一

L. M. Montgomery

不思議な少女アン

監視の目に晒されて　物語の冒頭、窓辺に座って家の外に鋭い監視の視線を投げかけるリンド夫人の姿が紹介されている。物語の書き出し部分は作品の小宇宙、もしくはそのエッセンスを指し示す場合が多いが、『赤毛のアン』（一九〇八）もその例にもれない。研究書『スウィートグラスの香り――L・M・モンゴメリのヒロインとロマンスの探求』において、著者のエパリーは物語の書き出しの一文から読み取れるリンド夫人の役割、夫人と小川の流れや村人たちとの間に存在する支配と服従の関係を見事に分析している（1―一八―二二頁）。その意見を参考にして、この物語の特質、ひいては完全な幸福を求めるアンの想像力の特徴を考える手がかりとしたい。まず、冒頭の一文に注目してみよう。

レイチェル・リンド夫人は、アヴォンリーの街道が、小さな窪地へとゆるやかに下っていくあたりに住んでいた。まわりには、ハンの木や、「淑女の耳飾り」と呼ばれる野生のフクシアの花が茂り、カスバート家の古びた屋敷のある森から流れてくる小川が横切っていた。この小川も、森の奥深くの上流には思いがけない深い淵や滝があり、曲がりくねっていたり荒々しかったりするという話だが、リンド家の窪地に流れつく頃には、静かで、まことに行儀のよろしい、可愛らしいせせらぎになっていた。というのも、リンド夫人の家の前を通る時には、川の流れですら、体裁とか行儀作法を忘れるわ

図１　花飾りをつけた不思議な少女アン（初版より）

けにはいかなかったからだ。なにしろ彼女は、いつも窓辺にすわって、小川から子どもにいたるまで、通るものすべてに目を光らせていて、どこか妙だとか、しっくりこないと感じたら最後、どうしてそうなのか、訳を突き止めずにはいられない。多分、小川の方でも、それを心得ているのだろう。（一章）

この書き出し部分から読み取れること、語り手あるいは作者の視線を特徴づけることは、擬人法の多さである。そのため、描き出される風景は、単なる客観描写の場合もあれば、息づいている風景にもなるという点である。そのような構図の中から浮かび上がってくるのが、アヴォンリーという秩序あるべき小世界のすべてを見渡し、見通す監視者としてのリンド夫人の存在であり、役割である。窓辺で手仕事をしながら外の様子を見るのが夫人の日課だが、気まぐれで向う見ずな小川の流れも、彼女の家のあたりではまことに行儀がよくなると噂されるほど、夫人の視線には鋭くて厳しいものがある。彼女は、窓の外の見慣れた風景と人の動きのなかに何か異変がないか、見知らぬものが侵入しないかと目を光らせている。彼女の見る行為は定住者としての目の働きであり、やがて登場するアンの見る行為とは決定的に異なっている。地域社会の住人、内部の人間であるリンド夫人の目は、彼女の視界のなかに見えてくる既知の風物はもとより、新たな異変の察知、異質なものの進入をいち早く映し出す鏡の機能を果たすのである。アン・シャーリーが足を踏み入れようとする世界とは、いわば監視カメラによって個人の行動から心の中の動きまですべてが把握されてしまう閉鎖社会の一面を備えた空間だといえる。

アンの特異な想像力　リンド夫人の視線が現実をリアルに捕捉し、もし問題があればそこに秩序を与え、日常の枠の中に丸く収めようとするのに対して、プリンス・エドワード島の外からやってきたアンの目は、初めて見る島の風景、特に森や林や草花といったごく身近な風景を自分の内部に取り込み、新たな景観の創造に向けて活発に機能することが語られることになる。

物語の第二章、駅まで出迎えにきた無口で女性恐怖症の「変わり者」（一章）のマシューの馬車に乗って、「世界でもっとも美しいプリンス・エドワード島」と呼ばれるこの島のアヴォンリーに位置するグリーン・ゲイブルズの家を目指す、「そばかす」だらけで「赤毛」の「変わった」子と限りなくマイナス・イメ

図２　手前の赤い道と輝やく水面

ージを与えられた少女アンは、「大袈裟な言葉」、「大きな言葉」（二章）を使う天才として紹介され、その才能のほどをこの章ですぐに読者に見せてくれる。その具体例が、土地に生きる人たちが知りつくした場所を、不思議な世界へと変えてみせるアン独特の名づけの行為といえよう。それを研究者の赤松佳子は、「既成の概念を覆す転覆的な行為」（2―九〇頁）と呼ぶ。

真っ白なレースのような花をつけた野生プラムの枝を折り取って、それを「かすみのようなヴェールをつけた花嫁」（同）に喩え、数カ月を過ごした孤児院に寂しそうに立っていた木を「孤児みたい」と呼び、その昔「ある変わり者」（同）が植えたという満開の花をつけたリンゴの木たちが道の両側から枝を伸ばして頭上をアーチ状に覆っている様子に感嘆して、「並木道」という通称をただちに「歓喜の白い道」へと変えてしまう。さらにまた、「バリーの池」もたちどころに「輝く湖水」へと改名してしまう。「場所でも人でも名前が気にいらないときはいつでも、あたしは新しい名前を考えだして、それを使うのよ」（同）、とアンが説明する通りである。そのような行為は、ロマンチックへの彼女の憧れの奔流の表れといえるだろう。アンというアウトサイダーの目が、土地になじんだ通称を新奇な別物へと改変、つまり再創造してしまうのである。アンの歩みに応じて、既知の世界は見知らぬ新しい場所へと変わっていく。世界を大きく変えてしまう彼女の想像力は、当然のようにその世界に住む多くの人たちを巻き込み、彼らをも変えていくことになる。とりわけ最大の変化を体験するのは、孤児のアン自身である。

成長と変化の契機　馬車に乗ったアンが両側から枝がアーチ状に張り出した「歓喜の白い道」といういわばトンネルを通過することを契機にして、「自分が属すべき家族をまったく持たなかった」（二章）根無し草のアンから、グリーン・ゲイブルズのアンへと変身することになる。これまで便利な道具扱いをされてきた孤児が、しっかりと根を下ろす場所を見つけるのである。この少女にとって「歓喜の白い道」は、視覚化された別世界への通路なのである。その道は、古くは川端康成の『雪国』の国境のトンネル、バーネットの『秘密の花園』のメアリーが馬車で進む夜の並木道、あるいは宮崎駿の『千と千尋の神隠し』におけるトンネルと同じ機能を与えられている。宗教人類学者のミルチャ・エリアーデらが明らかにしたように、日常の場から非日常の世界に舞台を移して行われる通過儀礼の儀式は、異界への入門者に目に見える肉体的な傷を残すことが多いが、アンの場合は心に大きな変化を刻みつけていく。つまり、『赤毛のアン』という作品は、心の成長と変化を可視化しようとする物語だといってもよい。そのような成長と変化をうながす大きな契機となるのは、マシューとマリラ、ダイアナ、ステイシー先生らとの出会いであるばかりか、アヴォンリーの新奇な風景との出会いだといっても過言ではない。アンが足を踏み入れたのは、自分自身ばかりかリンド夫人、リンゴの木を植えた無名の人物、当時としてはかなり特異な教育方針を貫いたステイシー先生、そしてマシューやマリラといった「少し変わった」者たちが居住する、奇妙で不思議な島だったといえるだろう。当然のことだが、この変わり者たちの島で君臨することになるのは、奇妙な想像力を駆使する不思議な少女アン自身なのである。

アンの全財産

自然を擬人化する目　アンの視線を通すと、既知の風景が未知のものへと転化されるケースが多い。また、アンのロマン派の詩人たちへの偏愛がよく示すように、自然に向けられる彼女の視線を特徴づけるのは、過剰な想像力と対象への感情移入、そして徹底した擬人化のまなざしである。たとえば、「かすみのようなヴェールをつけた花嫁」、「孤児みたいな木」（二章）といった表現がその一例である。そのような特徴は、作者あるいは物語の語り手も共有する特質だが、なぜ過剰な想像力なのか。なぜ徹底した擬人化が行われるのだろうか。その理由を三つに大別して考えてみよう。理由の一つは、これまでアンが家族はもとより友だちもいなく、「想像の余地」（同）のない厳しい環境で孤児として育ったという境遇と密接に結びつく。それと関連する第二の点は、狭くて息苦しく、美しさからも見限られた世界に育った自分の世界を限りなく拡大し、美しいものにしたいとするアンの欲望の激しさである。さらにこれらと結びつくのが、過剰なばかりのアンの想像力の働きと、静かな田舎の生活をかき乱すことになるアンのさらなる過剰な振る舞いであり、少女の口をついて溢れ出る言葉の洪水である。自然を自分の感情のままに引きつけて見ようとする発想、自然を比喩的に捉えて喜びや悲しみや夢をそこに投影しようとする過激な態度、そして豊かな表

図3　グリーン・ゲイブルズの家

現力を持つ言葉の振幅の激しさが、擬人化の視線を強化するのである。自然の擬人化とは、せめて身近な自然界に架空の友、「心の同類」、「腹心の友」を見出そうとする姿勢の産物ではないだろうか。

そこから、「未来に楽しみが待っている」（二章）とする前向き思考の女王、変わり者、不思議な少女としてのアンのイメージが確立する。このようなアンは、常識が支配する世界に降り立った異文化であり、見る人によっては天使であり悪魔の申し子である。つまり、『赤毛のアン』という少女小説は、読者の平穏で常識的な世界を根底からかき乱す〈危険な本〉なのである。彼女の不思議さと過激さをもっともよく示すのが、自然を見る彼女のまなざしではないだろうか。ガブリエラ・オーマンスーンという研究者が述べる通り、アンの想像力の過剰な働きにより、「日常的な事物がロマンチックな憧れの対象へと改変され、なんの飾りもない日常卑近で散文的なものが、詩的イメージに溢れた世界へと創り上げられていく」（3―三七二頁）のである。ただし、松本侑子、横川寿美子（4―一七〇―七三頁）らが指摘するように、アンの目がジャガイモ畑や海や動物たちに向けられることは極端に少ない。まるでそれらはたとえ近くにあっても、遠い他者として意識の外に置かれているかのようだ。

新しい世界を創造する力　アンが登場するやいなや、アヴォンリーの住人であるマシューやマリラらの見慣れた世界が未知の世界、不思議な世界へと一変してしまう。アンの発する言葉が、見慣れた世界を新奇なものにしてしまうのである。彼女の言葉には、世界を改変する力があるというべきだろうか。その意味からすれば、アンの個性を際立たせる想像力とは、新しい不思議な世界を生み出す創造力を意味する。本来、想像力とは、外部にあるモノ、あるいは目に見えないモノを自分の世界に取り込んで、そこに新たな関連性を見出す力であり、他者というべき外なる事物をいわば内部化し、私物化し、さらには視覚化しようとするのが想像力の働きである。それはほとんど世界創造の行為に匹敵するだろう。アンの想像力とは、親密な別世界への欲望を原動力とする。つまり、アンの満たされない空虚な心が、そのような欲望を生んだのである。もしアンの想像力の働きが奇異で特異なものだとすれば、それをよく示す一例が彼女の名づけの行為ではないだろうか。

すでに述べたように、アヴォンリーで固有の名前や通称を与えられてきた場所や事物が、ひとたびアン

図４　恋人の小径

の視線にさらされると、まるで別のものへと作り変えられてしまう。たとえば、「並木道」が「歓喜の白い道」へと変えられたように。聖書の「創世記」がよく示しているように、未知のものに新しい名を与える名づけの行為は、一種の世界創造の行為と呼ぶことができる。「恋人の小径」といわれると、単なる林の中の道がいかにも甘やかに思えてくる。名づけ直すという行為は、現実の改変であり、新たな創造といえるだろう。その結果、昔の名前が有していた意味と歴史が白紙化されて、今生まれたばかりのモノであるかのように立ち現れてくる。社会的に認知されていた「並木道」や「バリーの池」はその即物的、歴史的な意味を剥奪され、アン一人が所有する白地図の上に新たな名で記載されていくことになる。この少女にとって、「歓喜の白い道」、「輝く湖水」という名こそが、それらの事物の真の名なのである。ということは、アンの名づけ直しの行為は、隠されていた事物の本質を明らかにする振る舞いだといってもよい。アンは頭で考える少女ではない。その「大きな目」で考える子どもなのである。彼女の「大きな口と瞳」（二章）は、明らかに外部を飲み込み、内部化するための通路であり窓なのである。

所有への欲望　バーネットが『秘密の花園』（一九一一）で描いたディコンを自然児と考えれば、アンは自然の子ではない。自然を他者と自覚し、自分とは異なる存在として見る発想が見事なほど欠落しているからだ。さらにいえば、アンには自分の思いを自然に投影したり、自然を擬人化して考える傾向が強く、自然を人間界とは異なる異界とする認識はほぼ皆無といってよい。つまり、彼女は、しばしば自然を擬人化するその独特な発想から明らかなように、極め付きの人間中心主義者なのである。ただし、多くの人間中心主義者は世界の頂点に人間を置くのに対して、アンは自然の中の自分を強く意識している。また、過度の想像力ゆえに不在のものに怯えたり、自然に抱かれてのボートによる水葬のつもりが文字通り水葬の一歩手前になるなど、自然は異界であるという認識を持つようになるのも事実だろう。それでもなお、アンはディコンと対極にある人間中心主義の子どもである。それはどのようなことを意味するのか。

　結論をごく簡潔にいおう。アンの人間中心主義の発想は、自然を自分の思いのままに支配下におこうとする意志の現れであり、私物化できないはずの自然界を、所有しようとする欲望の印なのである。しかしながら、孤独を唯一の友として生きてきた孤児にして、話し相手もいない境遇に育った少女であってみれば、身近な自然の風景や木や花などを擬人化し、友だちとして接したいとする姿勢は理解できる。このような擬人化は、不在の友、心許せる相手を、せめて自分を取り巻く風景の中にでも見つけなければならないほどのアンの深くて暗い孤独を指し示す。その意味では、自然を想像の力で支配下におこうとするアンの姿勢を批判するわけにはいかない。むしろ批判することは、アン理解から遠ざかる結果になるだろう。

古ぼけたアンのカバン　アンが、アヴォンリーという一種の閉鎖社会に持ち込んできたものは何なのか。それについてはすでに述べてきたことで明らかだと思うが、念のため再確認しておきたい。

マシューがアンを馬車に乗せようとしたとき、彼女のカバンを持とうと手を差し伸べたのに対して、アンはこういって断る――「あたしの全財産が入っているんですけど、重くはないの」（二章）と。たしかに、アンの「全財産」の入っているカバンは重くはない。ほんの少しの身の回り品と衣服が入っている程度だからだ。カバンが重くなるとすれば、それはこれからのことだが、それでもアンが持ち込んできたものは意外なほど重い。その最たるものが、自然界や社会や人間を改変することになる途方もない想像力であり、過激な言動である。やがてアンのカバンは、獲得したものが増えるにつれ、その重さを増していくことになる。その一つが、均一的なコミュニティにおいては極めて異質な、アンという一風変った少女の個性の開花である。

両親の死、孤児院暮らしという辛くて悲しい過去の重圧に押し潰されない知恵として、アンの特異な性格が育まれていく。たとえば、過剰なまでの好奇心（それは、彼女の子どもらしさの印でもある）、辛い現実を楽しいものに変えてしまう想像力（それは、彼女の孤独の深さを示す）、現実の重圧に立ち向かう情熱（それは、彼女の不屈さの表れ）、沈黙に耐えられないが故の過剰なおしゃべり（それは、彼女の生命力の表れ）である。その一方では、感情がもろに出てしまう短気さという欠点もある。彼女の痩せた身体と不釣合いな大きな目と口とは、未知の外界を驚きの目で見つめ、それらを貪欲に吸収したいという願望を暗示するが、まさにアンは様々な意味で、風変わりな少女なのである。

アンが蓄えてきた全財産とは、カバンに入っている身の回りの品や衣類のみではない。まさにこういった多様にして奇妙な資質を含む。とりわけ、最もアンを特徴づけるのは、その特異な想像力であることは

図５　アンの部屋

明らかである。幼いときから苛酷な労働を強いられてきた彼女にとって、唯一の楽しみは空想にふけることであり、空想こそが孤立無援なこの少女の心を解放したと思われる。アンが厳しい現実に耐え得たのは、「空想の余地」を求めつづける不屈の精神、そして過激な想像力を持っていたゆえなのである。過剰さは、ほどほどを旨とする社会においていわば大罪であるが、この罪深い想像力のおかげで、アンにとって過酷な日常は一気に別のもの、夢見る理想の世界へと転化される。彼女の髪が燃えるように赤いのは、「完全な幸福」を求めるアンの燃えるような希求の印なのだ。このようにモンゴメリは、不可視の内部の徹底した視覚化を試みる。

そうだとすれば、アンの視線が浮かび上がらせる自然の景観は、ありのままの自然ではない。何か特別なものへとその姿を変えた自然なのである。そこに働く変容の力とは、過剰そのもののアンの想像力であり、感情の動きなのだ。『赤毛のアン』に表現された自然は、アンの目を通して見た自然なのである。同時に、それは現実のアヴォンリーの景観を大きく変容させたものであるという意味では、アンの幻想が創出した世界なのである。その結果、知らずして読者は「歓喜の白い道」を通路にして、ファンタジーの国に足を踏み入れていたのではないだろうか。

アンに欠けているものは一杯ある。その最たるものは自分の居場所であり、家庭と家族だろう。「私の属する所はどこにもなかったの」（二章）と彼女がいう通りである。つまり、アンは家を求めながら、人から望まれることのない「孤児」だった。それ故、アンにとってアヴォンリーへの旅は、「人生の転機」（二〇章）となる重い意味をもっていた。いうまでもないことだが、作品のタイトルが『グリーン・ゲイブルズのアン』となっているのは、自分の家と居場所、つまり自分が心から属することのできる世界を求め続けるアンを強調するためにほかならない。

夢想と責任の狭間で

二人のアン

マシューが「アン、お前のロマンスを全部捨てるんじゃないよ」（二八章）という通り、アンがアンであるためには、夢想に耽るそのロマンチックな性格を失うわけにはいかない。アンの魅力は、アンが存在することで、この見慣れた、規則正しく営まれる日常が、不意に不思議な世界へと変化してしまう点にある。多くの人が忘れた笑い、錆びついた笑いが、アンの口から奇妙な言葉が発せられるたびに、それを聞いた人の顔に甦り、生活の中に笑いが満ちていく。アンは次に何を話すのか、アンを取り巻く人々は期待を込めて待ち受ける。アンが存在することで、この平凡な世界が生き生きと輝きだし、驚きと未知に満ちた世界へと転化するからである。これをアン効果というべきだろうか。

一方、アンには家での手伝い、学校での勉強といった日常の生活がある。それらはまさにルーティーンと呼ぶにふさわしく、一定の決まりに従って進んでいく。アンの勝手な夢想が入り込んではいけないものといってもよい。日々の生活とは、人間にとって義務もしくは責任とでも表現すべきものだからだ。お客様を招待しての食事のとき、アンは夢想に耽るあまり砂糖を入れるべきなのに塩を入れるという失敗をしたりする。それは、アンの魅力であり、最大の欠点でもある過剰な想像力ゆえの失態である。

このようなエピソードは、夢想と責任が両立しがたいことを指し示す。多くの場合、アンは夢想を優先して義務や責任を忘れてしまいがちになる。彼女自身がいう通り、「夢想に耽るあまり、義務を忘れてしまう生まれついての罪を犯す」（二六章）ことが度々なのである。両者の和解はきわめて困難だが、アンが本来の自分を失うことなく生きていくためには、義務を果たす努力が必要である一方、マシューがいう通り、ロマンス全部を捨てるわけにはいかない。つまり、アンがアンであるためには、夢想とロマンチックを本質とする本来の自分を放棄するわけにはいかない。マリラは詩の朗読で賞を獲得したアンに向かって、「私はずっとこれまで、たとえ風変わりだろうと、いつまでも少女のままでいてほしいと願ってきたけど、お前はすっかり成長してここを出ていくんだね」（三四章）という。するとアンは、「私はまるで変わっていないわ。本当の私はいつも同じなの」（同）と答えている。アンの肉体と精神はこの五年間のうちに大きな変化と成長を遂げるが、しかしその背後にはマシューが願った変わらないアンがいる。想像力を失わず、夢を抱き続けるアンが。

アンの選択　アンが広い世界に旅立とうとするとき、愛するマシューは心臓発作で急死し、マリラも失明

図6　山梨県立文学館にて開催されたモンゴメリ展

の恐れが高まるという二重の不幸が生じる。大学に進学することに意欲を示していたアンは、悩んだ末に進学を断念し、マリラを世話するためにアヴォンリーで教員となる。それは女性として新しい人生を切り開くという「夢想」を捨て、世話になったマリラに尽くすという「義務」に身を投じることを意味する決断だ。これによって、アンの人生の選択の余地は限りなく狭まることは事実だが、しかしその選択は、彼女にとって幸せな選択なのである。

孤児として出発したアンには語るほどの過去はない。その代わり、彼女の前には何も書き込まれていない人生の白地図がある。彼女はその地図の上にどのような未来を描き出していくのだろうか。物語の結末は、人生の岐路に立たされた彼女の姿をクローズアップする。異性としてのギルバートを意識するアンは、もはや子どもではない。すでに思春期の世界に足を踏み入れているのだ。マシューとマリラに引き取られて以降、彼女は勉強に励んでキャリア・アップを重ね、大学に進学することを目標にしていたが、マシューの突然の死により、マリラの世話をすることを当然のこととして決断する。彼女の前に広がっていた未来への道は急に狭まり、広くて広大な世界が閉ざされたかの印象を与える。しかし彼女は、その細い道にも幸福の美しい花が咲き、真摯な心での仕事、友情も情熱もあると考える。人生の旅路はいつも直線ではなく、カーブがあることを彼女はよく知っている（三八章）。そう思うアンは、自分に課された試練を喜んで正面から受け入れようとする。

アンの選択は、自分の人生の可能性の追求を一時的にストップさせ、家族の絆を重視する決断である。女性としての可能性の探求を中断する決意として考えることもできる。だが、マリラへの義務と責任を優先させた彼女は、あくまでも夢見るアン、未来の可能性を忘れたわけではない。このように、物語を〈永続する幸せな家族の獲得〉というハッピーエンドで閉じようとしないモンゴメリは、曲がり角に立つアンのさらなる人生への挑戦を暗示することにより、アンの一層の魅力を読者の心に刻み込む。

引用文献

＊　テクストとして、Rubio, Mary Henley and Elizabeth Waterson, eds. *Anne of Green Gables*. New York: Norton, 2007を使用。引用文は、村岡花子訳、松本侑子訳を参照させていただいた。

（1）Epperly, Elizabeth. *The Fragrance of Sweet-Grass: L. M. Montgomery's Heroines and the Pursuit of Romance.* Toronto: University of Toronto Press, 1992.

（2）赤松佳子「少女の想像力、観察力、表現力——『赤毛のアン』」日本イギリス児童文学会編『英米児童文学ガイド——作品と理論』（研究社出版、二〇〇一）

（3）Åhmansson, Gabriella. "Lying and the Imagination"（1991）. *Anne of Green Gables.* New York: Norton, 2007.

（4）横川寿美子『「赤毛のアン」の挑戦』（宝島社、一九九四）

CHAPTER 10

マリラ・カスバートの驚き

『赤毛のアン』におけるマリラの成長と女同士の絆の構築

川端有子

L. M. Montgomery

マリラを焦点化する

フェミニズムで『赤毛のアン』を議論すると　結局は結末を分析して、二つの答えのうちどちらかを、もしくはその二重性を指摘して終わる、という型どおりの結論に陥りがちだ――女らしさを持ち合わせないヒロインが迎える結末が、保守的な反動で終わるか、それとも彼女の世界が未来の可能性に開かれたか。たとえば、『赤毛のアン』について、フォスター&シモンズは結末がきわめてあいまいだとしながらも、「おとなになるという牢獄の門は、まだアンを閉じ込めていない」と評するが（1―三一〇頁）、保守派にも安全に読みうる明るい少女小説と考える横川寿美子（2―一四四頁）を引き、小倉千賀子は本書を「ハラハラさせながら結局は安全な場所に着地する少女の成長物語である」とし、しかし「モンゴメリは、アンを、当時の保守的な女性の生き方には最終的には復帰させているが、ディテイルの中では、生き生きとした生命力のある――当時の文学的正統を転覆させうる――実体として描くことに成功している」と述べる（3―一三五頁、一三八頁）。

私自身は一度『赤毛のアン』を論じたことがあり、そこではフォスター&シモンズに賛同する結論を導き出したが（4―一六二、三頁）、今は結末だけをめぐって議論しても仕方がないという小倉氏の意見に賛成である。だが、この地点から作者モンゴメリの生い立ちに遡って、作者と両親との関係へと分析を広げていく小倉氏とはちがい、この小論では脇役のマリラに焦点を当て、この初老の独身女性が孤児アンの影響により、どのように変化していくか、そして二人のあいだに構築されていく女同士の絆を論じてみたいと思う。

マリラの重要性　「頑固な中年女のマリラがアンを育てることによって変貌していく辺りの心理描写は、ことに味わい深い」と訳者、松本侑子は「あとがき」で述べている。実は私もそうなのだ。子どものころは、ただのきびしいおばさんとしか映らなかったマリラの人物像に思わず引き込まれてしまうのは、自分がその年齢のほうに近づいたからでもある。だが、よく書かれた物語では、脇役にも読み込むだけの深さがあるものである。マシューについては、横川氏も小倉氏もかなりのページを割いて論じ、その死がアンの成長の大きなきっかけとなることを指摘しているが、結局マシューは「二十歳の時ですら、六十歳に見えた」し、「六十年以上も眠っていたみたいなもんだが、やっと目が醒めたんだね」とは言われはするが、変化を遂げる人物ではない（二章、二五章）。しかしマリラはがちがちのカルヴァン主義で、変化と無秩序を嫌う頑固な独身女から、「マリラ・カスバートも丸くなったものだね、まったく」（三八章）といわれるほどのドラマティックな変化を被る。マシューはまた、アンにも変化を認めない。「彼にとって、アンは、いまだに、いや、いつまでたっても、四年前の六月の夕方、ブライトリヴァー駅からつれてきたときと変わらぬ、ひたむきで小さな女の子なのだった」（三一章）。ところがマリラは「いつのまにかあんなに立派な娘になって」と涙をこぼすほど、アンの変化を見抜いている（三一章）。アンと共に変化し、抑圧された感情を解きほぐされていくマリラの成長（？）物語として『赤毛のアン』を読むのも、またひとつの、視点をずらしたフェミニズム的読みの試みになるに違いない。なぜなら、保守派にも受け入れられる優れた少女に成長するアンとは違い、マリラはそれまでの保守的で硬い殻を破り、抑圧されていた自らの心のうちを、言葉にして表現できる女性に変わっていくからだ。しかも六十歳近くなってから！

孤児と養育、女性の理想像をめぐって

孤児養育事情の変化　多くの『赤毛のアン』研究は、もちろんこの物語がスーザン・ウォーナーの『広い広い世界』（一八五〇）から、ジーン・ウェブスターの『あしながおじさん』（一九一二）、エレナ・ポーターの『少女パレアナ』（一九一三）、その他きわめて多く書かれた孤児物語の系譜に連なることに触れ、「孤児」という文学的装置の効果について語っている。その点には何の異議もないが、『赤毛のアン』を読んだとき、「手伝い代わりに男の子を孤児院から引き取る」という設定に、現代の読者はいささか戸惑うのではないだろうか。

レイチェル夫人は、カスバート兄妹が一二歳くらいの男の子を引き取ると聞いて、恐れおののくが、それは孤児院から子どもを引き取って働かせるということ自体に驚いたのではなく、むしろ独身を続けて暮らしてきた変わり者のカスバート兄妹の決断に驚いたのである。それが証拠に、レイチェル夫人は「孤児院の子ども」が里親宅にもたらした禍を多く例に挙げ、マリラをあきらめさせようと試みる。小説と事実にずれがあるのは確かだが、実際、アメリカにおける孤児の養育について研究したクローディア・ネルソンによると、一九世紀の中ごろ、孤児を引き取る目的は、安上がりの労働力を獲得することにあった（5─二頁）。食べ物と服と教育を与える代わりに、無給の下働きが期待されていたため、実際に働けるだけの歳になった子どもがもらわれていったのである。しかし、一九二九年までには、孤児を引き取る目的は、愛し慈しみ、自分の子どもとして育てるという方向にすっかり変化していた（5─二頁）。『アン』が書かれたころ、小説でも現実でも、人手を補うための養子から、家族の一員として可愛がるための養子に、事態は少しずつ変化していたと思われる。マシューとマリラが「農場の無給の働き手」として男の子を望むのはごく自然なことであったし、アンが孤児院以前に一緒に暮らしていたトーマス夫人もハモンド夫人も、家事手伝いや子守としての労働力を、身寄りのない少女から搾取していた。マリラはアンを連れ、男の子でなく女の子が孤児院から送られてきたという間違いの原因を問いただしに、スペンサー夫人宅を訪問す

図１　裁縫が得意でないアンに厳しいマリラ。挿絵シビル・トーズ。

るが、それなら代わりに私が引き取ろう、と申し出るブリュエット夫人も、家事手伝いが欲しかったのだ。

しかしスペンサー夫人が、アンと同じ孤児院にいたリリーという幼い少女を引き取ったのは、明らかに「愛」の対象とするためだった。ここでアンは宙吊りになってしまう。なぜなら、カスバート家では女手は必要でなかったから。そして家族の一員として愛されるには、アンは年上すぎ、リリーのように栗褐色の髪の愛らしい幼女でもなく、貧相でそばかすだらけで赤毛でちっとも美しくなかったからである。『続あしながおじさん』（一九一五）でも、屈強な男の子は農場の手伝いに引き取られるが、子どものない夫婦が養子にと求めるのは、血統のいい、青い目に金髪の愛らしい幼女（そんな子がそもそも孤児院にいるわけはない）だと、孤児院の新院長サリーは嘆いている。養子に二つの目的が混在していた時期なのだ。

だから、当初からアンは二重苦を背負っている。男の子の手伝いに勝ることを示し、養い親に「女の子の価値」を認めさせること。女らしくなって「美しい」養女になること。『赤毛のアン』は、家を出る冒険物語ではなく、家に入る物語、できる限り、「理想の少女」になろうと努力するヒロインの物語なのだ。一目見たときからアンをそのままの姿で受け入れたマシューではなく、マリラのお眼鏡にかなうように。

ところがその努力は大方の場合、挫折するか、笑いを呼ぶか、逆転し、「理想の少女像」の脱構築に一役買うのである。では「理想の少女像」とはどんなものなのだろうか。マリラが期待するものと、アンが望むものが食い違っている点が、二人の葛藤を招き、そのうちに二人の——というよりはマリラの——姿勢に変化をもたらすことになるのだから、まずはその点を押さえておこう。

三つの「理想の少女像」　アンは、ブライトリヴァー駅からグリーン・ゲイブルスに来る途中、マシューにこんな難題を投げかける。「おじさんは、神々しいばかりの美貌と、きらめくような賢さと、天使のような善良さから、好きなのを選べるとしたら、何になりたい？」（二章）。その後の成り行きから、アンの本音が望むのは「美貌」のヒロインであり、マリラが女の子に期待するのは、アンが自分はこれだけは絶対なれっこない、と最初からあきらめている「天使のように善良」な存在であることが明らかになる。素直で利口で分別があり、働き者で信心深く、虚栄心を持たない慎ましやかな存在。おそらくはマリラが受けたのであろう厳しいカルヴァン主義を持って、マリラはアンを天使のような存在に育てようと決意する。だが、アンはほとんど教会にいったことがなく、異教徒と紙一重、ピクニックに行ける嬉しさに「天使にしてあげると言われても、お断りよ！」（十四章）という世俗派なのだ。さていったいアンはどの理想像に達することになるのだろうか。その過程でマリラはどんな信条の変化を経験していくのだろうか。

マリラのたどる道筋

ステレオタイプ的な独身女　「物ごとはすべてきちんとしていなければ気がすまない」「背が高く痩せていて、骨ばった体には丸みがなかった。……ややもすると偏屈な頑固者」（一章）に見えるマリラ。教訓好きでぶっきらぼうで皮肉屋で、「自分の気持ちを口にするのはどうも苦手」（三十七章）な、働き者。彼女は間違いで送られてきたアンに何の価値をも見出さなかった。そればかりか、おしゃべりで常識はずれ、感情表現豊かなアンには面食らうばかりである。しかしアンの生い立ちを聞くうちに、マリラの心中には同情と憐れみが沸き起こってくる。ここまではおそらく、マリラはキリスト教徒としての義務を感じ、この子を信心深く、慎ましやかな、役に立つ子に育て上げようと考え、型破りなアンを、自分のもつ「理想の少女」の型にはめることこそ、神から課せられた使命として受け止めるのである。しかしその過程で、マリラは自分の信念が現実的でないことを思い知らされることになる。

「よい子」は衣食満ち足りてから生まれる　アンと暮らし始めて、まずマリラがびっくり仰天したことは、アンが宗教教育をほとんど受けておらず、お祈りをしたことがないという事実だった。家事手伝いや子どものお守りでくたくたになって倒れこむようにベッドに入る生活では、悠長に「天にましますわれらが神よ」などといってはいられない。マリラには想像もしたことがなかったことだ。敬虔な貧しい子どもがおとなを救済する福音主義的な物語、ヘスバ・ストレットンの『ジェシカの初めてのお祈り』（一八六七）や、ジョージ・マクドナルドの『北風のうしろの国』（一八八六）は寓話であって、現実問題として「よい子」はある程度の生活の質を保証されねば、存在し得ない。幼いころから働き続けてきたアンに、よい子も何も、そもそも「子ども時代」という庇護された時期はなかったのである。マリラの「よい子」概念は、まずこの事実に突き崩される。さらに牧師を敬い、教会を神聖視する常識をもたないアンは、牧師と日曜学校のベル先生のお説教や礼拝の型にはまった空虚さを批判する（一一章）。だがマリラはアンを叱れなかった。「長年、マリラも、内心では感じていた……批判が、……無垢で正直な子どもの口を借り、非難へと形を変えてほとばしり出たように」（一一章）感じられたからだ。世間の荒波にもまれてきたアンの人間観察力は鋭い。王様ははだかだ、と声に出して言い得た子どものように、アンはマリラの常識を問い直し、突き崩していく。

見目より心？　虚栄心は、マリラの厳しい禁欲主義では七つの大罪のひとつに数えられる。アヴォンリー村の常識を体現する良心の監視役であるレイチェル夫人ですら、マリラがアンに着せている服は地味すぎ、「人並み」でないと考えるくらいである（二五章）。パフ・スリーブの服、フリルやレースのついた寝巻きに憧れる審美派のアンが、マリラの作るきちきちの実用一点張りの服に不満を持つのも仕方がない。だが正直なアンは「気に入ったつもりになるわ」としか言えない（一一章）。そもそも赤毛であることは、アンの一番のコンプレックスであり、このためにピンクのドレスが着られないというのは、「美貌」のヒロインを目指すアンの前に立ちはだかる最大の、そして解決不可能な難関なのだ。ピンクというのが「女らしさ」のシンボルであることは明らかだ。ギルバートが仲直りしようと差し出すピンクのキャンデーを拒絶するのは、アンがギルバートから女性として見られたくないという気持ちの表れでもある。赤毛というのは、つまるところアンにとっては「理想の少女」になれない最大の障害なのである。行商人から買った怪しげな染め粉で、赤毛が緑色になってしまったとき、アンは虚栄心のばからしさを学びはするが、結局切った髪が伸びてくると、その色は赤褐色といっていい濃さになっていたのだから、アンのほうは結局、最後まできれいなものが大好きな少女のままである。

だが、「見目より心」を信条とするマリラは、アンの言葉に虚をつかれる。初対面のレイチェル夫人に、赤毛でやせっぽちでみっともない子だと容赦ない言葉を浴びせられ、かんかんに怒ったアンが憤りの言葉を返したあとのことだ。マリラに叱られたアンは、マリラだって面と向かってやせっぽちでみっともない

図2　当時大流行のパフ・スリーブのドレス。

といわれたら、どんな気持ちになるか想像してみてほしいと訴える。「突然、遠い記憶が、マリラによみがえった。……『かわいそうに。この子はなんて色黒で、器量が悪いんだろう』その時の刺すような胸の傷みは、ちょうど五十歳になるまで忘れられなかったほどだった」（九章）。確かに茶色のパフ・スリーブの服をクリスマスにプレゼントしたのはマシューだった。だが、そのあとマリラは率先してアンに流行の装いをさせるようになる。「流行の服を着ていると、いい人になるのも、ずっとたやすいの」（二九章）とアンは語る。信条を変えられたのはマリラのほうだったのだ。

マリラの感情教育　カスバート兄妹の生い立ちや、ふたりの親のことはほとんど物語の中に説明がない。父や息子同様「無口で内気で」「人付き合いを避けて」（一章）辺鄙な場所に家を建てたらしいし、スコットランドから来た母親は、白いスコッチローズの花を愛していたという（三七章）。両親の死後、二人がそのまま農場と家を引き継いで、そのままの暮らしをしていたということから、厳格で口数の少ない父と、信心深く家事上手な母によって、厳しくしつけられた兄妹の生い立ちが想像できる。だが、マリラの口元には「ユーモアの片鱗をほのめかすような」（一章）ものが漂っており、「ユーモアのセンスとは、またの名を臨機応変ともいう」（七章）ことから見ても、彼女は変化への可能性を秘めていたわけである。それがもっとも可視的に現れるのは、やはりユーモア感覚の具現である「笑い」である。

初対面のアンのあまりに大仰な物言いに、思わず「長く忘れていて錆びついていたような微笑み」（三章）を浮かべるマリラ。アンのブリュエット夫人批判があまりに的を射ていたので「つい、にやりとしそうに」（六章）なったり、アンに癇癪をぶつけられ、呆然としたレイチェル夫人の顔を思い出して、「笑いたくてたまらなかった」（九章）自分に腹を立てる。やがては親友のダイアナが結婚して離れていくさまを想像して泣きじゃくるアンを見て、マリラはついに「我慢できずに……吹き出してしまった」「思い切り声を上げて笑ったので……マシューがぎくっとして、立ち止まったほどだった」（十五章）。

こうしてマリラは、アンの失敗や想像力の行き過ぎに、錆びついていた感情を解放され、常識や慣習に抑圧されることなしに自己表現することを、学んでいくのだ。そして、笑いだけではない——「自分の気持ちを口にするのはどうも苦手」（三七章）だったマリラは、愛することの喜びと辛さを、身をもって体験し、表現することをも学んでいくのである。

図３　炉辺でくつろぐマリラとアン。挿絵シビル・トーズ。

愛の芽生え　マシューの願いどおり、アンを引き取ることに決めたマリラだったが、それはむしろ辛い生活を送ってきたアンへの同情と、きちんとしつけしてやらねば、という義務感から出発していた。これからずいぶん苦労しそうだ、だがやるだけのことはやる、と彼女らしい宣言をしている（七章）。しかし、アンとの身体的接触は、マリラに、今までは縁のなかった母親らしいときめき」（一〇章）を覚えたり、生まれてはじめてキスされて「はっとするような甘い心地に揺さぶられた」（一三章）りする。その甘やかな感覚にうろたえた彼女は、教訓をたれたり、わざとぶっきらぼうにふるまったりして平静を取り戻そうとする。マシューに対しては「日増しにアンが好きになる」（一二章）と告白しても、アンには決してそうはいわない。バリー夫人に娘のダイアナとの付き合いを禁じられ、絶望したアンが神様だってあんな頑固な人にはさじを投げるだろうというと、マリラは彼女を神聖冒瀆だと叱るが、笑いたくてたまらない自分に驚いた。だが、泣き寝入りした少女を見て、マリラは心から「かわいそうに」とつぶやき、アンの頬にキスするのである（一六章）。

しかし、なんといってもマリラが心の底からアンへの愛を自覚するのは、アンが友達に挑発されて屋根の上を歩き、落ちて足に怪我をして運ばれてきたときである。「それを見た瞬間、……アンがどんなに大切か、あらためて思い知らされた。……マリラは死にもの狂いで坂を駆けおりながら、アンはこの世でいちばん愛しい子なのだと見にしみて分かった」（二三章）。それでもやはりマリラは「愛情を言葉で表現したり顔に表したりすることができなかった。しかし、表に出さないだけで……いっそう深く激しく愛していた。……人間が人間をこんなに愛するなんて、神への冒瀆ではないかと気がとがめた」（三〇章）。

だからアンはマリラの愛に気がつかない。マリラの生まれつきの性格も、親から叩き込まれた厳格なキリスト教徒的倫理観は、マリラの愛情表現力をどうしても緊縛してしまう。だが独身女であるマリラと、血のつながりのない娘アンの間に、両者の歩み寄りによる母娘関係が構築されてゆくさまは、母性愛とは、そして娘としての愛は、所与のものでも本能でもないことを明らかにしているのではあるまいか。

図４　母娘の絆を確認したマリラとアン。挿絵シビル・トーズ。

女同士の絆　はじめてマリラとアンがお互い同士の愛を確かめ合い、真の母娘関係を確認しあうきっかけは、マシューの急死だった。喪失の悲しみを共有した二人は、家族であることを互いに言葉で確かめ合う。さらにアンとマリラの女同士の絆を強固にするのは、父マシューの死によって、アンに友達であること（さらには恋人候補でありうること）を認められたギルバートとの仲直りであった。マリラがその昔、ギルバートの父親と恋仲でありながら、ばからしいけんかをして別れてしまったことを、アンに告白する場面である。少々こじつけめいたエピソードではあるが、これは大切だ。となりのお兄さん的ハンサムな好青年、という以上に取り立てて個性のないギルバートを踏み台にして、アンとマリラは真に母娘となったのだから。これは、一人の女性を共有することで、二人の男が強い絆を結ぶという、セジウィックの『男同士の絆』（6―七六頁ほか）を、先取りしたパロディと読める。

結局、アンは「理想の少女」になったのか　期待しなければ失望もない、という平穏な生活を送ってきたマリラと、「何も期待しないより、期待して失望するほうがいい」（一三章）と考えるアン。「すべて『精と火と露』からできているアンには、人生の喜びも哀しみも、人の三倍も激しく感じられた」（二二章）。それを心配しながらも、すでにマリラはアンを「とりすました物腰の模範的少女に作り変えることなど、ほとんど諦めかけていた」（二二章）。冷ややかでむき出しだった東窓のアンの部屋は、少女らしい甘い雰囲気に変わり、ちらかしたり飾り立てたりするのを嫌っていたマリラも「もう諦めて、見て見ぬふりをしてくれていた」（三三章）。

大仰な言葉を使わなくなり、無口になり、役に立つしっかりものに成長したアンは、天使ほどではないがそこそこ善良になり、神々しいとはいわぬまでも個性的な美しさを獲得し、きらめくような賢さほどではなくとも、奨学金を射止め、マシューとマリラの自慢の娘になる。だがアンよりもずっと大きな成長を遂げたのは、アンを型にはめることを諦め、六〇年近い生活習慣や性格を変えられ、人を愛することと、その表現方法を学んだマリラのほうだったのではないだろうか。

マリラからアン、そしてリラへ

リラ・マイ・リラ　「アン」シリーズの最終巻『アンの娘リラ』では、マリラと名づけられた末娘リラを中心に、物語が展開する。能天気で遊び好きのリラは、本名の「マリラ」が古臭いからといってあまり気に入っていなかった。だが兄のウォルターに「リラ・マイ・リラ」と本名をもじって呼ばれるのは、とても気に入っていた。やがて第一次大戦に巻き込まれていくリラの世界は、母アンの牧歌的な世界とはあまりに違っていた。しかし、ここで重要なのは、戦死するウォルター、その友人ケネス、ケネスを愛するリラの関係が、マシュー、ギルバート、アンの関係をなぞるように展開することだ。

私の知る限り、アン・マリラ・リラの関係に焦点を当てた論文は、ナンシー・ヒューズの「グリーン・ゲイブルスの世界における母の旅」（7—一三一—一三八頁）であるが、そこで彼女は、この三代にわたる女性たちの共通点を、独身のまま引き取った子どもを育てる母である点だと指摘している（7—一三一頁）。これもマリラ・アン・リラという三人の絆を示唆する興味深い指摘であるが、私はギルバートとケネスというあまり個性のない好青年を踏み台にして、三代の女同士の絆がさらに強固になる点を指摘しておきたい。

女同士の絆は広がり、続く　大戦から帰還したケネスに、「リラ・マイ・リラ」と呼びかけられて、思わず幼い頃の舌足らずな発音がよみがえり、「そうでしゅ」と答えるリラは、アンがマシューの死をきっかけにギルバートを受け入れたように、ウォルターの死を引き金にケネスの愛を勝ち取るのだが、それだけでなく、「マリラ」という名まえをも受け入れた。こうしてマリラ・アン・リラは、三代の母娘関係を再強化することになる。

セジウィックは、男同士の絆が作り出すホモソーシャルな共同体は、排他的であり、女嫌いであり、ホモセクシュアル嫌いであるが、女同士の絆は連帯を作り、ネットワークを広げてゆくのが特徴であると論じている（6—三頁）。リラとケネスの結婚は、マリラとアンとリラだけでなく、アンとその心の友であるレスリー（ケネスの母）を姉妹の絆でつなぐことにもなるのである。

引用文献

Montgomery, L. M. *Anne of Green Gables*. New York: Bantam Books, 1992.［松本侑子訳『赤毛のアン』集英社、一九九五］

（1） Forster and Simons. *What Katy Read: Feminist Readings of "Classic" Stories for Girls*. Iowa City: University of Iowa Press, 1995.［川端有子訳『本を読む少女たち——ジョー、アン、メアリーの世界』柏書房、二〇〇二］

（2） 横川寿美子『「赤毛のアン」の挑戦』（宝島社、一九九四）

（3） 小倉千賀子『「赤毛のアン」の秘密』（岩波書店、二〇〇四）

（4） 川端有子『少女小説から世界が見える——ペリーヌはなぜ英語が話せたか』（河出書房新社、二〇〇六）

（5） Nelson, Claudia. *Little Strangers: Portrayals of Adoption and Foster Care in America, 1850–1929*. Bloomington: Indiana University Press, 2003.

（6） イヴ・K・セジウィック、上原早苗・亀澤美由紀訳『男同士の絆』（名古屋大学出版会、二〇〇一）［Sedgwick, Eve K. *Between Men: English Literature and Male Homosocial Desire*. New York: Columbia University Press, 1985.］

（7） Reimer, Maivis, ed. *Such a Simple Little Tale: Critical Responses to L. M. Montgomery's Anne of Green Gables*. Metuchen, New Jersey: Scarecrow Press, 1992.

C O L U M N

アンの世界への憧れ——『赤毛のアン』関連図書

おそらく『赤毛のアン』ほど多くの関連図書が出版されている本もないだろう。関連の図書は大きく分けて、①批評・解説などのアカデミックな本、②写真集、③エッセイ・紀行文、④料理・手芸本、に分類できるが、特に研究書とは一味違う趣味的な領域の本から伝わる、読者とアンの熱いつながりに目をむけてみたい。

写真集は『赤毛のアンに出会う島』（吉村和敏写真）に代表されるように、プリンス・エドワード島（ＰＥＩ）の四季おりおりのシーンとともに、アンやモンゴメリゆかりの建物などを紹介したものが多い。そんな中で、『Anne of Green Gables』（菊池正恵編）は、島の自然を背景に一人の少女をアンに見立てて視覚的に作品世界を再現したもので、田園と少女の組み合わせがいかにもロマン派好みだ。カナダの荒々しい自然とは異なる、いわば美化された風景は、島の美しい自然に心躍らせたアンと感動を共有したいという読者の思いに応えようとしているのだろう。紀行文では、マンガ家折原みとが『赤毛のアンに出会う旅』（折原みと著）で、ＰＥＩを訪ねた印象、そこで出会った人々との交流などを自身によるイラスト入りで綴り、折原流のアンの世界を作り上げている。

エッセイ集『やっぱり赤毛のアンが好き』（松本正司編著）には、タレントや男性マンガ家による『アン』への熱いメッセージが紹介されていて、ファン層の広がりに驚かされる。『アン』はそれを読む人々を夢見る少女にしてしまうようで、『モンゴメリーの「夢の国」ノート』（高柳佐知子著）は、作品に登場する花や木、風、猫などから著者が自由にイメージを膨らませた文が挿絵入りで綴られ、『夢見る少女——「赤毛のアン」の世界へ』（永田萌）も同様のつくりになっている。

『赤毛のアンの贈り物』（山本容子画）は『アン』の中の印象的な一言と、そこから版画家の山本がインスピレーションを得て製作した版画でなりたっており、モンゴメリと山本の個性のぶつかりあいが面白いユニークな画集である。一方、『アン』に描かれる古き良き時代やカントリーライフをリアルなイラストで再現しようとしたのが、アメリカで作られた『赤毛のアン——四季の贈り物』『赤毛のアン——クリスマス・ブック』（ともにＣ・Ｓ・コリンズ著）だ。アンの姿も描かれているが、個々の読者がもつアンのイメージを壊さないようにと、アンの顔が見えない角度で描かれている配慮はおもしろい。

料理・手芸関係の本もかなり多く、『赤毛のアン——レシピ・ノート』（イレーン＆ケリー・クロフォード著）は、モンゴメリのいとこの孫が所有するモンゴメリ手書きのレシピノートから当時のカナダの料理を紹介しつつ、モンゴメリの食生活や多忙な日常についても紹介しており、単なる料理本を超えた面白さがある。いわゆる料理本としては『赤毛のアンのお料理BOOK』（テリー神川）が『アン』に登場する料理を魅力的な写真とともに作り方も紹介していて、楽しみと実用性をかね備えている。手芸本『赤毛のアンの手作り絵本』は、アン・ブックスの印象的なシーンからイメージされる料理や小物をイラストと写真で紹介し、実際の作り方も示したもの。アンは針仕事が苦手だったことを思うと、思わず笑ってしまう。

これらの本に共通しているのは、美しい島の景色、アンが日々の生活の中で感動した場面、心に残る文章、おしゃれなイラストなど、いずれも『アン』やPEIのイメージをふんだんに取り入れて、その世界を再現しようとしている点だ。読者はたとえ手芸や料理をしなくても、眺めるだけで、心温まる手料理やカントリーライフ、そして夢見る少女を疑似体験できるのである。どうやら『アン』はファンが自由に作品を分解し、お気に入りの場面を選んで自分なりの味付けで再構築を楽しむための原材料ということができそうだ。そんな作業をするとき、人はアンになり、PEIの景色に溶け込み、ロマンティックな想像の翼を羽ばたかせるのだろう。

モンゴメリはこのような本が、東洋の小さな国で盛んに出版され読まれていることを知ったら、どんな顔をするだろう。こうしたアンの世界は、たしかに原作の『アン』がかもしだす世界の一部ではあるが、今ではモンゴメリや『アン』の研究が進み、女性の生き方も大きく変化した。それでも引き続きロマンティックな世界の再創造は続けられるのだろうか、興味のあるところだ。

（白井）

料理や手芸も読者をアンの世界に誘う

Ⅳ

アンの姉妹たち

心に残る名場面

I've been thinking them out for a week. I shall give life here my best, and I believe it will give its best to me in return. When I left Queen's my future seemed to stretch out before me like a straight road. I thought I could see along it for many a milestone. Now there is a bend in it. I don't know what lies around the bend, but I'm going to believe that the best does. It has a fascination of its own, that bend, Marilla. I wonder how the road beyond it goes....（Chapter 28）

日本語訳

一週間ずっと考えてみたのよ。ここで一生懸命やれば、きっとそれだけのものがかえってくると思うの。クイーンを卒業したときは、未来がまっすぐな一本の道みたいに、目の前にどこまでものびているようだった。どんなことが起こるか、先のほうまでずっと見通せると思ったくらいよ。

でも、今その道には、曲がり角があるの。曲がり角のむこうに何があるかわからないけど、きっと何かすてきなものが待っているって信じることにしたわ。道が曲がっているのも悪くないものよ、マリラ。あの角を曲がったら、その先はどうなっているのかなって思うもの。

解説

マシューが亡くなり、自分も年をとってきたことを実感するマリラが、ついにグリーン・ゲイブルズを手放すことを考えていると知ったアンは、大学進学をあきらめ、アヴォンリーに残ってマリラとともにグリーン・ゲイブルズを存続させようと言う。アンの夢であり、自分たち兄妹の夢でもあったアンの大学進学をあきらめさせたくないと言うマリラに対して、アンは人生の紆余曲折さえも期待をもって受け入れる姿勢を見せる。いつものアンらしいロマンティックで屈託のない言葉のようだが、ポリアンナ的な楽天性とは一味ちがうようだ。それは、感受性の強い少女アンがすでに16歳に成長し、それなりに人生の明暗を経験した彼女が、たとえ手探りであっても自分で未来を切り拓こうとする挑戦の喜びが感じられるからではないだろうか。

CHAPTER 11

姉妹たちの奏でる変奏曲

エミリー、パット、ジェーン、ヴァランシーを追って

白井澄子

L. M. Montgomery

孤児のエネルギーの継承

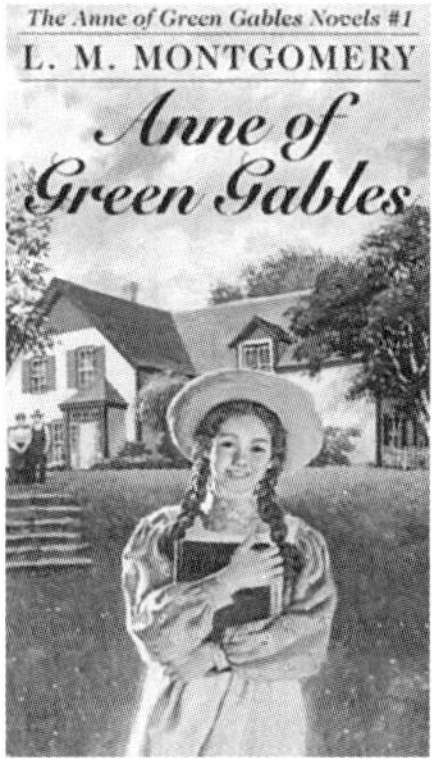

図１　典型的なアンのイメージ

二〇世紀初期にカナダ東部の小さな島で生まれた『赤毛のアン』（*Anne of Green Gables*, 1908）は、百年たった今も色あせることなく人気を保ち続けている。アンが赤毛で孤児という二重苦にもかかわらず、持ち前の明るさ、率直さ、想像力、おしゃべり癖で、しだいに島に溶け込み、さらには島の人々を変えていく過程が、いじらしいまでに自分らしさにこだわる少女の生き方として、読者の共感を得るからだろう。

ホイッティカーが「かわった子……モンゴメリのヒロインたち」の中で、モンゴメリのヒロインのうち、アン以外はあまり魅力がないとしているように（1─一一─一二頁）、確かに少女時代のアンの強い個性は他の追従を許さない。だが、本当に思春期の少女が考えたり感じたりすることや、モンゴメリが少女に投影したいと考えていたことがすべてアンに盛り込まれているのだろうか。ここでは、エミリー・ブックス（Emily Books, 1923–27）のエミリー、パット・ブックス（Pat Books, 1933–35）のパット、『丘の家のジェーン』（*Jane of Lantern Hill*, 1937）のジェーン、さらに年齢が上ではあるが、『青い城』（*Blue Castle*, 1926）のヴァランシーをとりあげ、少女アンから引き継いだと思われる特性とテーマについて考えてみたい。

アンの赤毛は明らかに人々と彼女をへだてる特徴である。そして、孤児であるがゆえに、何をしでかすかわからないと懸念されたとおり、目上のリンド夫人にたてついたり、野の花を帽子に飾りつけて礼拝に

行き人々を唖然とさせたりして、異端児として古風なアヴォンリー社会に揺さぶりをかける。そして、このパワーはほかのヒロインにも引き継がれている。

『可愛いエミリー』（*Emily of New Moon*, 1923）のヒロイン、エミリーの外見はアンほど他との違いが際立ってはいないが、黒髪、大きな目、白い肌、妖精めいた少しとがった耳、細くて華奢な体つきは特徴的である。最愛の父と死別後、孤児となったエミリーは親族会議の結果、義務感から孤児を引き取るエリザベス叔母と暮らすことになるが、父方、母方、どちらの親戚からも距離をおいて見られ、異端児としての孤独をいやというほど味わう。ことあるごとに叔母たちと対立して孤立するエミリーは、怒り、不満、悔しさといった激情を、亡き父にあててこっそりと手紙を書くことで吐きだす。スター家とマレー家という相いれぬ両家の境界線上にいる異端児であるがゆえに、人間関係に敏感な人生観察者になり、これが書くという行為と結びつくことで、彼女のアイデンティティの主張に繋がっていくのである。

一方、孤児ではないが、自ら孤児同然の立場を選ぶのが『青い城』のヴァランシーである。彼女は両親や兄妹と暮らしているが、病弱ということで、家族、とりわけ母の異常に厳しい監視の下に置かれ、二九歳にして衣食住はもとより、精神生活においても自由のない生活を強いられている。自分が心臓病と知った彼女は余命を自由に生きたいと、家を出る決心をするが、このことで皮肉にも孤児たちと同じスタートラインにたつ。「孤児」になったヴァランシーの奇行は家族や町の人々の度肝をぬくが、それまでの家族による抑圧をはねのけ、自らの手で幸せをつかむのである。

ジェリー・グリスウォルドは、アメリカ児童文学における孤児の成長と遍歴の過程を、物語元型の心理学的アプローチを使って分析し、孤児の物語はアメリカのイギリスにたいするエディプス・コンプレックスの現れである（2—一四—七頁）と指摘しているが、モンゴメリのヒロインの場合はどうか。ダイアナが親の言いなりにしか生きられないのと違って、孤児のアンは親という拠り所がない反面、束縛されない自由なエネルギーをもちうる。つまり、異端的であるがゆえに、何にもとらわれずに新奇な行動をとることが可能なのである。アン、エミリー、ヴァランシーといったモンゴメリの孤児のヒロインたちは、社会や一族の異端児としてラディカルなエネルギーをみなぎらせ、旧体制がもつ固定観念に対抗する立場を得ているといえるのである。

アンの想像力からエミリーの創造力へ

図2 『かわいいエミリー』英語版の表紙

想像力とおしゃべりのゆくえ　アンのおしゃべりは、自分の意思を伝えるだけでなく、豊かな感受性と想像力から生まれるロマンティックな夢を伝える手段であり、読者にとって、アンのおしゃべりの洪水は一種の快感である。ところが、ドゥーディがアンの想像力について、モンゴメリはあまり確信がないようだ（3―三〇頁）としているとおり、この想像力とおしゃべりのコラボレーションは、アンが成長するにつれて精彩を失っていく。しかし、アンの自己表現であった想像力とおしゃべりは、エミリーに引き継がれ、より激しい変奏曲を奏でることになる。

エミリーの想像力は研ぎ澄まされた霊感や透視力にまで広がり、彼女の作家としての素質としても大きく貢献する。それらは感動から生まれるだけでなく、恐怖、怒りなどの強い感情と複雑にからみあっている。アンもしばしば心無い仕打ちに対して怒りの炎を燃え上がらせ、リンド夫人にも激しい抗議の言葉を投げつけるが、それはすぐにサイダーの泡のように消えてしまう。一方、エミリーは怒りの感情を亡くなった父宛の手紙や日記にぶつけて書き綴ることで内面化させていくのである。

たとえば『エミリーはのぼる』の中で、近所のご婦人方が自分の批判をするのを偶然にも立ち聞きしてしまうエピソードでは、エミリーは思わず戸の陰から飛び出し、軽蔑しきった目つきで婦人を見つめ、さっさと通り過ぎるのだが、その夜、彼女は憤懣やるかたない思いを抱いたまま日記に向かう。

わたしたちはどんな経験からも何かを学ぶべきだとカーペンター先生は言う。愉快な経験だろうと不愉快な経験だろうと、わたしたちが冷静な目で見ることさえできれば、何か得るところがあるものだ、と。……いいわ、この件を冷静に見てみることにしよう！（四章　拙訳）

日記を書きながら、自分や人々の言動を子細に眺め検討を加えるエミリーには、心情を文字化する力、分析力、客観力が備わっていく。彼女の想像力と表現力は小説家の誕生に繋がるのである。

エミリーにとって小説とは、手紙や日記のような個人的、日常的レベルの感情表現が芸術へと昇華したものであり、小説は彼女の存在を公にアピールする手段なのである。作家修行の試練に耐えるエミリーは、アンの想像力とそれを言語化する能力を引き継ぐだけでなく、さらに深化させた、内面的な深みと芸術家の凄みを持つヒロインになっているといえる。

少女にとって危険な小説　しばしばモンゴメリのヒロインたちは、小説を読んだり書いたりすることを禁止されるが、それは少女が小説を読み、みだりに感情を高ぶらせることは精神衛生上、風紀上よろしくないというのが理由であった。エミリーのシリーズが書かれたのは一九二三年から二七年にかけてだが、実際の若い女性は自立し社会進出していた者も少なくなかった。また、少女たちは福音主義的な物語だけでなく、かなり広範囲に文学作品を読んでいたようだ（4―一三九―七一頁）。このことを考えると、モンゴメリ作品の時代背景は少し前の一九世紀後半であり、これはエリザベス叔母たちの古臭い考えを強調するための設定と考えてよいだろう。

アンは物語クラブを結成してロマンスなどを書くが長続きせず、人生や人物についての洞察力は、はっきりと見えてこない。しかし、エミリーにとって、想像力と、感情の捌け口である書く行為はすなわち生きることであり、小説もその延長線上にある。また、エミリーにとっては小説を書くという、叔母に禁止された芸術に携わること自体が、権力への抵抗の意味をもっているのだ。そしてついに完成させたのは、人の魂の機微にふれ感動を呼ぶような作品であった。出版された作品は絶賛され、ようやくエリザベス叔母も心を開く。エミリーは信念と努力で、彼女自身と小説を勝ち取ったのである。

エミリーは、ここに至るまでの苦労をたびたびアルプス登山にたとえているとおり、高い目標にむかって進む希求型のヒロインである。エミリーはモンゴメリの分身だといわれるように、彼女の小説家へのたゆまぬ努力は、反逆精神と芸術性の追及が一体化したもので、自分の生きる場を切り開くことと同義であった。それはまた、モンゴメリの執念そのものであったに違いない。明るく外交的なアンでは十分に深めることのできなかった想像力と芸術性の融合、そして既成の価値観の転覆は、内省的、情熱的かつ非凡なひらめきの力をもつエミリーに小説を書かせ、成功させることで初めて可能になったのだといえる。

旧体制社会への反発

一九世紀のプリンス・エドワード島　『赤毛のアン』『青い城』『丘の家のジェーン』はいずれも二〇世紀初期に書かれた作品であるが、前述したように、そこに描かれる社会や家族は一九世紀的なものを内在させ、ヒロインたちはしばしば古い体質をもつ人々との衝突を経験する。モンゴメリはヒロインたちが自己確立をはかるために立ち向かうべき対象として、一九世紀的な社会や人物を設定しているようだ。一九世紀後半は、モンゴメリが子ども期から多感な思春期を過ごした時期でもあり、彼女の生い立ちとも関係するのだろう。ドレインはアンが旧社会的なアヴォンリーで、女性がアイデンティティを確立していく様子を見せてくれているとしているが（5―四〇―七頁）、他のヒロインたちも、むしろアン以上に挑戦的であるといえそうだ。

多くの作品の舞台となっているのは一九世紀後半のプリンス・エドワード島を模した社会である。プリンス・エドワード島には一八世紀ころにスコットランドからの移民が多く入ってくるが、彼らはほとんど狂信的といってもよいほどの熱心な長老派の信者社会を作っていた。聖書に記された神の教えを守ることで神の恩に報いることができると信じ、己を厳しく律するために常に自分を監視し、他人はさらに厳しく監視したという。また、長老派の信者はしばしば他の宗派を認めず、摩擦が多かったとも言われている。モンゴメリは長老派の牧師の妻であったが、このような閉塞的な社会をどのように見ていたのだろう。

ルビオは、良くも悪くもスコットランド系の長老派教会の伝統を強く受け継いでいたモンゴメリではあるが、自らの偏向を客観視して風刺する力をもっていたとし（6―八九―一〇五頁）、ヒルダーは、モンゴメリが『アン』のなかで旧体制的な長老派の信仰にたいして、個人の信仰のあり方をユーモラスに描いて婉曲化していると指摘している（7―三四―五五頁）。このように、モンゴメリ自身、長老派の牧師の妻として、表向きは教義にそった生活や思考様式を保ってはいたが、信仰に振り回される一般市民を一歩退いて観察していたようだ。では、長老派的な作品世界を反映した作品世界でヒロインはどのように生きているのだろうか。

エミリーとヴァランシー　アンがアヴォンリーの人々の度肝をぬくような突飛な言動で、旧体制の社会に風穴をあけたとしたら、エミリーの戦法はかなり違う。「エミリー」シリーズには、マレー家やスター家といった、家柄にしばられる古い価値観にとらわれた偏狭な人々とエミリーの攻防が描かれる。前髪を下げる流行のヘアスタイルに憧れるエミリーが、エリザベス叔母から前髪を下げるのは格式あるマレー家では許可しないと一蹴されることに始まり、ペットや着る物の好み、友人づきあい、ついには小説の執筆の禁止など、エミリーは常に古い社会規範や家柄に縛られる融通のきかない叔母から圧力をかけられる。エミリーにはそれをすぐにはねのけられないことが多いが、そのことがむしろ彼女の反逆者魂に火をつける。エミリーは決してへこたれず、その怒りを執筆のエネルギーに変え、小説家としての成功で一気に逆転勝利を手に入れるのである。

ヴァランシーの反乱はさらに劇的である。古臭い伝統や宗教に縛られた家族を離れた彼女は、村の人々が勝手に殺人者の汚名を着せて不審者扱いしている無頼漢的な男バーニーと車を乗り回し、自分からプロポーズして結婚さえしてしまう。最終的にヴァランシーは健康体であり、バーニーは資産家の御曹司で有名作家であることが判明するのだが、ヴァランシーが体験する紆余曲折に対して、自分たちだけの狭い価値基準でしか物事を判断できない家族は、ヴァランシーの変容ぶりに振り回された挙句に、彼女が資産家の息子と結婚したと喜ぶ、単純なおめでたい集団として揶揄されている。

こうしてみると、アン以降のヒロインたちがアン以上に積極的に、自分の感性と信念に従って行動することで、閉塞的な社会にゆさぶりをかけ、古い社会通念に風穴をあける役割を担っていることがわかる。

図３　『青い城』英語版の表紙

少女のセクシュアリティ

アンを取り巻く様々なテーマの中で、慎重に避けられていたのはセクシュアリティの問題ではないだろうか。研究面においてもモンゴメリ作品における性について論じられるようになったのは二〇世紀も終盤になってからである。アンが思春期的な問題で悩んでいる様子はなく、しいていえば、ギルバートへの感情がライバル意識ではなく恋愛感情だと気づき、戸惑う箇所くらいだろう。だが、モンゴメリがこのようなテーマをまったく避けていたかと言うと、そうではなさそうだ。エミリーの成長過程には、男友達との付き合いや、象徴的な形ではあるが性的な仄めかしがあり、『青い城』のヴァランシーにはさらにそれが明確に現れている。

ガメルはエミリーが物語の前半で、鏡に映る自分の姿を見て「好き」だと思う、その気持ちがすでに少女のエロティシズムの萌芽を見せているとしている（8―一〇一―一〇三頁）。エミリーは思春期から大人の女性に成長する過程で、身辺には少なくとも三人の親密な男友達がいるが、あからさまな形で性への関心が話題にのぼることはない。しかし、夜の教会で変人に襲われそうになるエミリーがテレパシーで呼び寄せるのは、心を寄せていたテディである。ここでは、ゴシック小説風の展開の中で、彼女のもつ情念とセクシュアリティが重ねて表現されていて興味深い。

一方、二九歳になるまで家族、特に母親の圧力によって、女性性が子どもの状態に押し込められていたヴァランシーが大胆に恋愛を楽しむことができるのは、夢想の「青い城」の中だけである。そのような枠から飛び出した後の彼女の行動や思考の変化は、女性性の抑圧と解放を極端な形で表したものといえる。限られた命という異常事態に後押しされているとはいえ、彼女は生まれて始めて胸元の開いたドレスを身につけ、危険な男たちがいる奥地のパーティーにひとりで出かける。そこには女である自分を意識し、主張しようとするヴァランシーがいる。セクシュアリティは生きる力であり、自己表現でもあるのだ。性的な描写こそないが、バーニーと対等に知的かつ魅力的な会話をして彼をひきつけるだけでなく、そのような会話からエクスタシーを得るヴァランシーは、それまでのモンゴメリのヒロインよりさらに革新的な女性になっていることがわかる。

モンゴメリ以前または同時代に書かれた少女小説は福音主義の流れを汲んでいたせいもあって、ヒロインのセクシュアリティについては表立って言及されることがないのが一般的であった。また、一八九〇年代から一九二〇年代にかけては、児童文学が子どもと性の関わりを否定する方向に傾いていた時代であった（9—三〇頁）。このような時代にあって、『エミリー』では神秘性のヴェールで包み、『青い城』ではコミカルな味付けを施すことで、モンゴメリは若い女性のセクシュアリティの領域に踏み込んだのだといえる。彼女は決して、女性の性の解放に気炎を上げていたわけではないが、恋人ハーマンの肉体の魅力に惹かれる思いを日記に赤裸々に書きつけたりしていた（10—九二—一〇一頁）ことからすると、リアルな少女を描くにあたって、若い女性のセクシュアリティの表現は、もはや無視できないと感じていたのではないだろうか。

古さが残るカナダ社会の中で、自由な自己表現を控えなければならなかったモンゴメリは、伝統と革新、理性と感情の狭間で大きく揺れていたのだろう。ルビオは、ヒロインたちのセクシュアリティについて、モンゴメリ作品と同時代に書かれたヴァージニア・ウルフの『私ひとりの部屋』を引き合いに出して、セクシュアリティの表現が女性の自己確立と深い関係があるとしているが（11—六—一九頁）、二〇世紀初期の西洋社会において、新しい女性に代表される女性の心身の解放が、性の言説の解放と密接に結びついていたことは不思議ではない。モンゴメリはぎこちない形ではあるが、少女のセクシュアリティを描くことで、女性の内奥の叫びに声を与えようとしたのであった。

自然とともに生きる

モンゴメリ作品の魅力の一つは、ヒロインたちが美しいプリンス・エドワード島の自然によせる思いだろう。モンゴメリ自身、島を離れて父と住んだときに、次のような言葉と日記を残している。

キャヴェンディッシュをひと目みたい！……キンポウゲとアスターが小川のほとりに咲き、森ではシダが芳しく揺らぎ、青く明るい広大な海を背景に、眠気を催すような陽の光が丘の上に降りそそいでいる。これ以上素晴らしい場所はこの地上にない。（12—一二〇頁）

モンゴメリは結婚して島を離れて以来、あまり島に戻っていないのだが、彼女にとって四季折々の島の美しさは、生涯、心の支えになったようだ。彼女はほとんどの作品の中でヒロインに自然の素晴らしさを

図4 『丘の家のジェーン』
英語版の表紙

図5 『銀の森のパット』
英語版の表紙

語らせているが、中でもジェーンとパットは島の自然との関わりが強い。

ジェーンは、格式と家柄ばかりを重んじ、古い屋敷にしがみつくように生きる祖母が仕切るトロントの家で、息の詰まるような日々を送っている。彼女は器量もぱっとせず内向的で、勉強もできない自信のない少女として登場し、まったく自分らしさを持つことができないでいる。ところが、亡くなったと教えられていた父が実は生きていて、プリンス・エドワード島で共に夏をすごすようになったことから、すべてが激変する。父と二人で選んだ家からは、美しい湾、カエデ林、池、砂丘、銀色の波、日没時に金と紫に染まる岬が見え、ジェーンは今までにない喜びを味わう。自然に抱かれた日々の中で、自然とともに生きる村人たちと交流しながら、創意工夫を凝らして家事にいそしむジェーンは、本当の人生が息づき始めるのを感じる。トロントでの生活で生気を奪われ、自分を失っていたジェーンは、島の生活で息を吹き返した。彼女は都会の生活や、家風や伝統に縛られた生活ではなく、自然に密着したスローライフの中にこそ本当の自分を見出したのである。

一方、ジェーンとは逆に、パットは美しい木々や果樹園など豊かな自然に囲まれた古い銀の森屋敷で生まれ育ち、木が一本切り倒されるのにも心を痛めるほど自然を愛している。嬉しいことで心が浮き立つときには、窓の外の美しい自然を眺めることで喜びが倍増するのを感じ、子どもの頃には、自然の神秘的な美しさに全身に魔力が伝わったように感じて、森の中で裸で踊ったこともあるほどだ。彼女と屋敷とその周りの自然は離れがたく一体化し、森は自立前の少女が安心して身を置ける子宮的なユートピアとなっているかのようだ。しかし、モンゴメリは自然と少女の関係を心地よさだけで終わらせず、パットに屋敷と森の焼失を体験させて、現実の世界、成熟の世界へと押し出すのである。

しかし、パットと自然はこのことで決別するわけではない。むしろ、自然に抱かれて成長したパットは、目先のことにとらわれて生きるのではなく、自然に身を任せる自然体の生き方を身につけていく。そして、ついには幼なじみで、やはり自然を愛するヒラリー青年と結ばれ、ここでも島の自然が一人の少女の成長に一役買っていることがわかる。

少女小説の作家の中で、モンゴメリほど自然にこだわった作家はいないだろう。モンゴメリのヒロインたちは自然とともにあるとき、最も生き生きとしているようだ。彼女たちは冒険小説のヒーローたちのように、自然を征服しようなどとはしない。パットの婚約者ヒラリーがいみじくも言うように、自然は単なる森や小川ではなく、ホーム（home）であり、そこに身を置く人の心が反映される場なのである。これは、おそらくモンゴメリがいつも感じていたことなのだろう。

ヒロインたちにたくされたもの

アンは少女小説のヒロインとしてほとんど完璧に近い素質を備えているように見える。しかし、しだいにアンに嫌気がさしたモンゴメリは、出版社に言われて仕方なく続編を書き続けたことはよく知られている。モンゴメリにとって、アンは自分が書きたいテーマを負わせる少女・女性像としては限界があったのだろう。エミリーやヴァランシーは、豊かな想像力や自然への愛情などアンに似た要素は持っているが、アンにはない凄みとパワーをもっており、アンでは成し遂げられないような成長を見せる。また、パットやジェーンは自然との関わりの中で自分を見出していく。彼女たちにとって、お気に入りの自然の中に身を置くことは、ナチュラルにしなやかに自分らしく生きる力を得ることを意味するのである。このように、楽天的なアンには付与できなかった特性が、その後のヒロインたちに引き継がれているのがわかる。少女小説のヒロインは、最後には敵対する人物の心を溶かし、和解に導くことが多く、このことはモンゴメリのヒロインたちにも共通している。だが、モンゴメリが関心を寄せていたのは、単なる和解ではなく、そこに至るまでの少女たちの孤軍奮闘ぶりや、幸せを勝ち取る過程でなされるアイデンティティの主張や確立だったのではないだろうか。

使用テキスト

Montgomery, L. M. *Anne of Green Gables*. London: Penguin, 1977.

Montgomery, L. M. *Emily of New Moon*. New York: Random House, 1993.

Montgomery, L. M. *Emily Climbs*. New York: Bantam Books, 1993.

Montgomery, L. M. *Emily's Quest*. New York: Random House, 1993.
Montgomery, L. M. *Pat of Silver Bush*. New York: Random House, 1988.
Montgomery, L. M. *Mistress Pat*. New York: Random House, 1988.
Montgomery, L. M. *The Blue Castle*. Toronto: Dundurn, 2006.
Montgomery, L. M. *Jane of Lantern Hill*. New York: Random House, 1988.

引用文献リスト

（1）Whitaker, Muriel A. "Queer Children' L. M. Montgomery's Heroines." *Such a Simple Little Tale*. Metuchen, New Jersey: The Children's Literature Association and Scarecrow, 1992.

（2）グリスウォルド、ジェリー、遠藤育枝他訳「序論」『家なき子の物語』（阿吽社、一九九五）

（3）Doody, Margaret Anne. "Introduction." *The Annotated Anne of Green Gables*. Eds. Wendy E. Barry, Margaret Anne Doody, and Mary E. Doody Jones. New York: Oxford Univ. Press, 1977.

（4）Mitchell, Sally. *The New Girl: Girls' Culture in England 1880–1915*. New York: Columbia Univ. Press, 1995.

（5）Drain, Susan. "Feminine convention and female identity." *Canadian Children's Literature* 65 (1992): 40–7.

（6）Rubio, Mary Henley. "Scottish–Presbyterian Agency in Canadian Culture." *L. M. Montgomery and Canadian Culture*. Eds. Irene Gammel and Elizabeth Epperly. Toronto: Univ. of Toronto Press, 1999.

（7）Hilder, Monika B. "'That Unholy Tendency to Laughter: L. M. Montgomery's Iconoclastic Affirmation of Faith." *Canadian Children's Literature* 113–4 (2004): 34–55.

（8）Gammel, Irene. "The Eros of Childhood and Early Adolescence in Girl Series: L. M. Montgomery's Emily Trilogy." *Window and Words: A Look at Canadian Children's Literature in English*. Eds. Aida Hudson and Susan-Ann Cooper. Ottawa: Univ. of Ottawa Press, 1999.

（9）ハント、ピーター編、さくまゆみこ他訳『子どもの本の歴史——写真とイラストでたどる』（柏書房、二〇〇一）

（10）ルビオ、メアリー他編、桂宥子訳『モンゴメリ日記三　一八九七—一九〇〇』（立風書房、一九九二）

（11）Rubio, Mary. "Subverting the trite: L. M. Montgomery's 'room of her own.'" *Canadian Children's Literature* 65 (1992): 6–39.

（12）ルビオ、メアリー他編、桂宥子訳『モンゴメリ日記一　一八八九—一八九二』（立風書房、一九九八）

CHAPTER
12

赤毛同盟の子どもたち

アンの系譜をさがして

小野俊太郎

L. M. Montgomery

赤毛の仲間たち

緑髪になったアン　『赤毛のアン』というすばらしい邦題のおかげで、日本の読者は読む前から「アン＝赤毛」という印象をもってしまう。ところが、原題の「グリーン・ゲイブルズのアン」（*Anne of Green Gables*）からは、彼女が赤毛とまではわからない。むしろ、eが一つ多い「アン」が、自己主張するヒロインのすがたを予告し、赤毛が映える緑という色が読者の印象に残る。平凡にみえるがじつは巧みな題名であった。

日本での赤毛に関するイメージは、この小説やフランスのルナールの『にんじん』によって広がった。どちらも赤毛に肯定的な価値を与えない社会が登場する。アンは「ニンジン」とはやしたギルバートの頭に石盤をぶつける暴挙さえおこなう。また事あるごとに自分から赤毛へのコンプレックスを語り、親友のダイアナの黒髪をほめたたえる。ついには、第二七章「虚栄の果て」で、行商のドイツ系ユダヤ人から五〇セントで買った薬を使い黒髪にしようと試み、ひと瓶使うと緑色に染まった。

「緑髪のアン」となってしまい、結局は髪を切って学校に行くのだが、そのあとで赤毛は濃くなり赤褐色となる。「孤児」で「異邦人」で「女の子」であったアンが、数々の失敗を克服する中で、アヴォンリーの社会にしだいに溶けこむ（もっとも作者モンゴメリ自身の髪は赤毛ではなかったらしい）。髪の毛の色という遺伝上の属性のせいで世間や自身がいだく偏見に抗う「赤毛の女の子」の物語が、成長物語として強烈な印象を与えたのは確かである。

アンの系譜　赤毛のアン・シャーリーは孤独ではない。アンの系譜を考えると、英米の文化史に登場する赤毛の女性でいちばん強烈な人物といえば、エリザベス一世だろう。地球儀をつかんだり、イギリスの地図の上に乗った君主として描かれた。激しい気性の持ち主だったのは間違いない。また、一九世紀末に、ロセッティやバーン＝ジョーンズなどラファエル前派の画家たちが好んで描いたのは、炎のように波打つ赤毛を持つ女性であった。赤毛がエキゾチックな官能性を感じさせたのである。

孤児院からアヴォンリーにたどり着いたアンが、想像力が豊かで、感情が激しく、自己主張が強いのは、こうした世紀末の女性たちの文化的な親族だからかもしれない。書かれた当時「新しい女」と呼ばれた社会規範を破る人々がもつ激しい内面も秘めている。たとえば、ブラム・ストーカーの『ドラキュラ』（一八九七）が、新しい女たちの末路を描いていたのも無縁ではない。

アンの仲間を求め、彼女の系譜に属す子どもの主人公として、リンドグレーンの長靴下のピッピと、ミュージカルとしても有名な新聞マンガのヒロイン孤児アニー、さらに、これは少年だが、ルナールのにんじん、と国籍もジェンダーも違う三人の「赤毛同盟」の子どもたちをとりあげ、時代をさかのぼっていきながら、その奮闘ぶりを眺めることにしよう。

北国の赤毛の女の子

偏見をはねのけるピッピ　アンが生きた一九世紀末に広くあった赤毛への偏見を支えたのは、それが「血の色」を表すとか、中世以来ある「炎」の連想させるというものだった。さらには、裏切り者のユダが赤毛だった、とする言いがかり的な伝説もあった。そうしたいわれなき偏見の被害をうけてきた赤毛同盟の子どもとして、まず「長くつ下のピッピ」をとりあげよう。

ピッピは、一九五〇年にスウェーデンのアストリッド・リンドグレーン（一九〇七―二〇〇二）が発表し

図1　長くつ下のピッピ

た『長くつ下のピッピ』（一九四五）に続いて『ピッピ船に乗る』（一九五七）、『ピッピ南の島へ』（一九五九）の三作で活躍した。赤毛のエリックといえば、有名なバイキングであり、ピッピの遠い先祖といえるかもしれない。

ピッピは、赤毛のアンとおなじで、母を幼い頃に失い、船長だった父は南の海で行方不明になった「孤児」として登場する。もっとも、第三作では、父親は南の王として生きていて、別の活躍をするが、それはむしろ人気から要請されたものだろう。ピッピは猿の「ニルソンくん」と馬といっしょに一人で生活を始める。彼女と知り合った隣に住むトミーとアンニカがともにさまざまな冒険をする。

九歳の彼女を小学校に通わせようとする周囲の人たちの努力に対してあくまでも独立独歩で生きていきたいのである。捕まえるためにやってきた警官二人を両手で持ち上げたりする。それは、もちろん幼い子どもにとっての夢でもあり、またそれを充足するだけの行動力をもつ一種の「魔女」としてピッピがいる。右と左のストッキングが互い違いなのも、まるでピエロか道化のように社会の外にいるしるしである。

ピッピが子どもや動物の味方であるのは、何よりも赤毛として大人たちから排除されているからに他ならない。友だちのトミーやアンニカから見てピッピが大人びているのは、それだけ束縛が少ないせいで、ここに読者は共感をおぼえるのである。あたりまえだが、この本を読んでピッピにあこがれるのは、赤毛の読者とは限らないわけだ。活発なピッピの突拍子もない行動に読者が巻きこまれていくのは、トミーたちと同じ視点に立つからであろう。

フェミニズムの表れ　長くつ下のピッピは、アンにくらべて社会と対立する要素が強い。それは、養父母すらいないでひとりで暮らすという設定にある。それだけにふつうの子どもには夢のような生活であり、軋轢も大きくなる。両足の裏にブラシをつけて床をびしょびしょに濡らして掃除をする話とか、大人のパーティーに呼ばれて混乱を引き起こす話など、そこには既存の秩序を破る夢が描かれていて痛快であろう。

もっとも、リンドグレーンがこうした活発なヒロインを創作したのは偶然ではないようだ。彼女は若いころ自国の思想家であるエレン・ケイの著作に強い影響を受けていた。戦前の日本でも『児童の世紀』や『恋愛と結婚』が紹介され、その思想は平塚らいてうなど女性解放運動家にも受け入れられた。学校教育や女性の生き方に二〇世紀の新しい扉を開いた初期のフェミニズムの思想家である。
どうやら、ピッピが社会のきまりや束縛に対してわがままともいえるほど自由にふるまうのは、作者リンドグレーンがもつケイへの共感がもとになっている。この傾向は他の「やかまし村」などのシリーズを読んでもよくわかる。もっとも、物語作者として、普通の子どもであるアンニカたちを配置して多くの読者を誘い込む視点を忘れていない。こうした作者リンドグレーンの細やかな配慮が、今も人気をえている秘密かもしれない。

戦う孤児アニー

図２　アニーとサンディ

大恐慌下の赤毛　次にあげる赤毛同盟の子どもは、活躍した舞台も時代も異なるアメリカのマンガのアニーである。もっとも彼女は、「トゥモーロー」という歌で有名な一九七七年製作のミュージカルとして有名で、一九八二年に公開されたジョン・ヒューストン監督による映画もある。日本でも、ミュージカル「アニー」は演じ手などを変えながらもずっと上演されてきた。彼女もまた日本人に親しまれた赤毛であろう。

もともとは一九二四年に連載がはじまった「小さな孤児のアニー」（Little Orphan Annie）という新聞マンガで、『シカゴ・トリビューン』紙を中心に連載された。作者はハロルド・グレイ（一八九四―一九六八）で、孤児のアニーが犬のサンディといっしょにアメリカのあちこちを冒険する。一回四コマの連載だったが、日本の「サザエさん」のような毎回完結した内容ではなく、ゆるやかに前後がつながって、一つのストーリーとしてできあがっている。一種の長編マンガである。サンディが鳴く「ワン（ＡＲＦ）」というのがキャッチフレーズで、アンの目に黒目が描かれていないのもちょっとした特徴である。

長期連載マンガだったのでいくつものエピソードがあり、途中で大恐慌が起きて物語に陰影を与えた。たとえば、そのひとつ「コズミック市の小さな孤児のアニー」は、一九三二年八月二六日から、一二月三一日まで連載された物語である。そこでは庇護役である「ダディ」が帰ってこないので、大都会（シカゴ）

から離れ、田舎のコズミック市で暮らすアニーの姿が描かれる。

戦うアニー　残念ながらよそ者に対するいじめがあるのは古今東西変わらない。その子が赤毛であれば大義名分ができる。最初アニーと会ったときに犬のサンディを気に入ってかわいがってくれた少女たちも、次の日に学校で会うとよそよそしい態度をとる。周囲の目が気になるからだ。その変化をアニーは嘆く。いちばん乱暴な新聞配達の男の子はいじわるをして、アニーが身をよせている家に新聞を配達してくれなかった。そこで、アニーは痛烈なパンチをくらわして倒すと、彼の代わりに自分で新聞配達をする契約を新聞社からとる（ボクシングはアニーの得意技である）。「ここは自由の国だから」というのが、アニーの主張だった。

アニーはその後町を脅かす「悪魔」として赤毛を毛嫌いする大人と対決していくことになる。ここにいたると、アニーが戦う相手は、子どもの世界ではなく、大人たちのもつ偏見や狭い見方であるとわかる。社会とかかわる子どもを描いているのは、大恐慌時代にあって厳しい社会状況が子どもたちと無縁ではなかったからだ。もちろん、何もなくても赤毛の子どもたちは理不尽な偏見にさらされるのだが、それを逆手にとる勇気をアニーはもっていた。

にんじんと呼ばれて

赤毛の男の子　赤毛同盟の三番目の子どもは、フランスの小説『にんじん』（一八九四）に出てきたにんじんである。もちろんあだ名であるが、作者ジュール・ルナール（一八六四―一九一〇）の自伝ともされる。ただし、正確には、髪の毛は黄色に近い色のようである。純粋な赤毛とはいえないようだ。

ルナールは「蛇―長すぎる」といった短くピリッとしたコントが集まった『博物誌』を書いて有名になった。そのためか、『にんじん』も短いエピソードが集められている。この形式のおかげで、主人公が一人称で語ったりする教養小説的なにんじんの自伝小説として書かれていたならば、かなり重苦しくなる内容

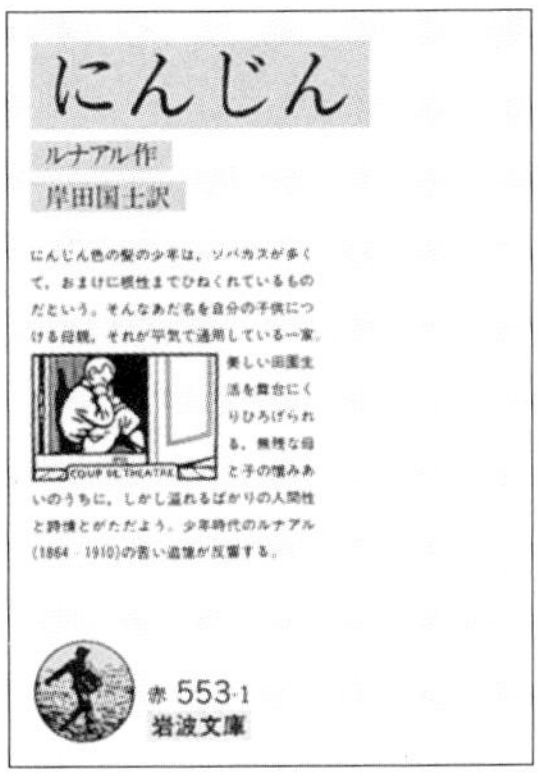

図３『にんじん』文庫本表紙

も、どこかさらりと読めてしまう。アニーが四コマまんがだったせいで、その喜怒哀楽が、次の日にまで持ち越されずにその場で済んだのとひとしい。

ただし、アンの系譜であっても、にんじんには両親がいて兄と姉がいる。孤児ではない。もっともそれは末っ子としての彼の孤独を高めたに過ぎない。なにしろ兄や姉と違って一枚も写真をとってもらったことがないのだ。彼が世界との折り合いがうまくつかないのは、髪の毛が根本の原因ではないはずだが、誘因となっているのは確かだ。そして、何をやってもドジだとか誤解されてしまう。

家庭内の異邦人　にんじんをめぐるもうひとつの問題は、兄や姉と比較される家庭の環境であろう。彼は母親に自分の存在の承認を求めながら、それが拒絶されている状態のなかで、空回りしている。ここにあるのは、赤毛のアンの系譜であっても、家庭内にいるゆえに孤立する少年の話だ。同性である父親も兄もにんじんを救ってはくれない。

冒頭の「鶏」というエピソードでは、夜になってから鶏小屋に餌をやるために行く話である。兄と姉が恐れているので、代わりににんじんが命じられて餌をやりにいくが、誰もほめてはくれない（1―一二頁）。また、「しゃこ」では父親がしとめた鳥の息をとめる役目は、にんじんに任せられている。それは冷たい心の持ち主だという家中の決めつけによるのだ。兄は鳥をスケッチし、姉は羽をむしるだけである。にんじんが役目を交替したくても聞き入れてもらえず、しかも殺し方が悪いとみなが文句を言うのである。そして、「うさぎ」と題された切ないエピソードで、にんじんは食べさせてもらえなかったメロンの皮をうさぎにやるためにいく。そして、うさぎ小屋でうさぎに与えるまえに食べるのである。にんじんの好き嫌いを勝手に決めるのは母親だった。

こうした心のわだかまりがほどけていくのは、にんじんが家の外にでて学校の寄宿舎で生活するようになってからだ。にんじんの強みは何が起きても、そうなるものさ、とみなす屈託のなさかもしれない。母であるルピック夫人に叱られても、そこから這い出して、どうにかやり過ごすのである。にんじんは、いつでもドジで、靴紐も結べず、ちゃんと凧をあげることもできないチャーリー・ブラウンの原型のようにも見える。にんじんの場合は、彼が外に出て行くことによって解決していく。どうやら、アンにとっての養父母の家庭にあたるのが、にんじんの場合は学校という外の空間だった。

緑色の髪の少年

赤毛と緑髪　題名にも利用した「赤毛同盟」とは、一八九一年に発表されたコナン・ドイルによるシャーロック・ホームズ物の一編の表題であった。「赤毛同盟」（連盟、組合の訳もある）なるものから、お金がもらえるという新聞広告で、ぞろぞろと赤毛の持ち主が集まってきたのが始まりである。その広告の背後にはじつは重大な犯罪が隠れていた、というのがドイルの作品の主眼であった。

赤毛という少数派、つまりたくさんいる金髪や黒髪ではないからこそ成立する話だが、ここからは肌や髪や目の色といった「徴候」によって差別される民族や人種の問題が浮かび上がる。他人へ向ける視線がいつのまにか固定して、相手の価値を固定してしまう、という厄介な問題につながっているのだ。

『赤毛のアン』もまた、まずは赤毛に対する偏見という社会のなかにある考えに基づきながら、その限界について考えた小説だったといえるだろう。ただし、ハッピーエンドに向かっていくことで、赤毛一般ではなく、アン個人の問題になるところに、そうした偏見を全体として超えることの難しさが見えてくる。視覚的なイメージによる理解が言葉によるものよりも、直接的であるせいかもしれない。

この赤毛同盟の流れをくんだ寓意的映画が第二次世界大戦後に作られた。『緑色の髪の少年』（一九四八）という作品で、監督のジョセフ・ロージーはこのあと赤狩りの犠牲となって、アメリカに帰らずにヨーロッパで仕事を続ける。この作品では、少年が一晩で髪が緑色になって、最初は好奇の目にさらされ、しだいに迫害されていくようすが描かれる。「緑なす黒髪」とは日本ではほめ言葉であるが、ここの緑はすべての髪の色の外にある差別される色として選ばれている。

アンの仲間　アン・シャーリーの系譜に含まれる物語では、抵抗しがたい「徴候」が本人についていて、理不尽な状況と向かい合うことになる。もっとも、赤毛同盟の子どもたちは、まなじりを決して争うばかりでないし、嘆いて自分の殻に閉じこもってもいない。アンには抜群の空想力があるし、ピッピには行動力が、アニーにはユーモアがある。にんじんだって屈託のなさが救いである。どうやら、赤毛同盟の子どもたちの系譜は、闘争とはまた別の方法で理不尽な世界との折り合いのつけ方を示唆しているようだ。

もっとも、アン・シャーリーの髪の毛は生活のなかでしだいに目立たなくなる。自身も赤毛だったマーク・トウェインは「世間が認めると赤毛は赤褐色とされる」ともいっている。好奇の目を向けられなくなるのだ。髪の毛の色は、現在ではかなり自由に染められる。「金髪」や「茶髪」どころか「紫」や「緑」すら見かけないわけではない。そもそも金髪の子どもだって、実は大人になっていくと色あせて変色してしまうことが知られている。だから、大人の金髪の多くが染めていたりするのだ。髪の毛がもつ魔力もしょせん一時的なものでしかない。

成長のなかでアンの激しい気性も陶冶されるし、そこに宗教的な主題が隠れているのは間違いない。だが、大事なことは、アンの仲間たちは、まず何よりもへこたれない。だからこそ、今でも強い印象を与える。そして、それを読む私たちもなんだか元気づけられるのである。

引用文献

(1) ジュール・ルナール、岸田国士訳『にんじん』(白水社、一九八八)

CHAPTER

13

マザコン少女の憂鬱

日本における「アンの娘」を探して

横川寿美子

「アンの娘」探しはむずかしい

L. M. Montgomery

「日本におけるアンの娘たち」という課題をいただいた当初、私は、『赤毛のアン』(以下『アン』と略記する)は日本で大変人気の高い作品なので、その影響は計り知れない。よって「アンの娘」はいくらでもいるだろうと考え、執筆に取りかかるのがとても楽しみだった。けれどもいざ始めてみると、すぐに自分が大きな考え違いをしていたことに気づかざるをえなくなった。要するに、「アンの娘」がなかなか見つからない。かなり近いと感じる作品はあっても、これぞ「アンの娘」だという女の子の登場する作品にはどうしても出会えないのである。

それには、いくつかの理由が考えられる。

第一に、『アン』が日本の多くの作家(主に女性作家)に多大の影響を与えてきたことは間違いないとしても、その影響は必ずしも直接的な形で作品に顕れるとは限らないこと。

たとえば、荻原規子(一九五九—　)は自身のエッセイ『ファンタジーのDNA』の中で、小学四年生から高校一年生くらいまで読みふけった『アン』とそのシリーズから「ずいぶんたくさんのものをもらった」(1—一四頁)と語るが、「勾玉」三部作を始めとする彼女の作品から『アン』を感じ取ることはむずかしい。それは、荻原の作品の多くが『アン』のように日常生活を描いたものではないことにもよるだろうし、彼女が最終的に「成長途中でアン・シリーズを否定した」（1―一四五頁）からでもあるだろう。いずれにしても、荻原のような作家が多ければ多いほど「アンの娘」探しはますます困難になるわけだが、多いにせよ少ないにせよ証明しようのないことなので、これ以上追究はしない。

第二に、かりに『アン』から受けた影響が直接的な形で顕れたと思える作品があったとしても、それが『アン』の影響と言えるかどうかの判断は大変むずかしいこと。かりに『アン』のを主に『アン』のという程度に、規準をやや緩めてみたとしても、結果はそう変わらないだろう。第一の理由にあげたことは『アン』に限らずおよそすべての作品について言えることだが、後に詳しく述べるように、この第二のものは『アン』特有の、とは言わぬまでも、少なくとも『アン』に特徴的な事情である。

そして第三に、ほかならぬこの私が、「アンの娘」を探すにあたって多くの条件を付けすぎていること。これは、私自身の『アン』への思い入れもさることながら、第二にあげた理由との関連で、そうせざるをえないということもある。

以下に具体的に例をあげて、今あげた三つの理由のうち主に第二と第三の点を検討しながら、同時に「アンの娘」探しを続けてみようと思う。

『赤毛のアン』の語られ方

日本版『赤毛のアン』　ここに、本の帯に「日本版『赤毛のアン』」と銘打たれた『マイマイ新子』（マガジンハウス、二〇〇四）という作品がある。芥川賞作家・髙樹のぶ子（一九四六― ）の自伝的小説で、作者が子ども時代を過ごした山口県の地方都市を舞台に、九歳の主人公・新子の日常生活を綴ったものである。時代は昭和三〇年。作者の筆は、遊びほうける子どもたちの日々を細部にわたって再現しながら、同時にその子らの眼を通して、戦後から高度成長期へと移行する世相の変化をも活写して、読み応えがある。

そうした中で、新子は両親と妹に祖父母を加えた六人家族で何不自由なく暮らしており、その点身よりのないアンとは全く事情が違う。だが、豊かな自然に囲まれ、どこかマシューを思わせる祖父と相性が良

図1　飯野和好の絵による『マイマイ新子』の表紙

く、マイマイ（つむじ）のせいで跳ね上がる髪の毛にコンプレックスを抱いているなど、物語の設定にはアンとの類似点が複数見られる。さらには、そそっかしい性格のせいで失敗やトラブルが絶えず、変な質問をして教師を困らせ、親に叱られても謝らずに部屋に閉じこもるなど、『アン』を彷彿とさせるエピソードも多い。

けれども、これが「日本版『赤毛のアン』」だと言われると、素直にはうなずけない。私だけではなく、『アン』の愛読者なら誰でもそうではないかと思う。だが、理由を述べろと言われてもうまく答えられない。アンと新子の決定的な違いは、年齢なのか、性格なのか、家族構成なのか、友人関係なのか……。あるいは、「日本版『赤毛のアン』」というのは単なる宣伝上の惹句で、作者の意図とは無関係のものなのか。

この点について作者高樹は、『オール読物』誌上でのインタビューで、

> 自分が育った場所を舞台に、いつか日本版『赤毛のアン』を書きたいと思っていました。『次郎物語』のような、男の子の話はたくさんあっても、少女が元気よく成長していく話は、日本ではまだまだ少ない。海外には、『赤毛のアン』はもちろん、『若草物語』や『大草原の小さな家』など、とてもいい作品があるんですけどね。（2―二〇四頁）

と語る。つまり、アンと新子の共通要素を「元気がいい」点に見ているわけだが、これはある意味で典型的な日本におけるアンの捉え方だと言える。日本の作品に登場する女の子に比べて外国の女の子は元気がいい。その代表はアンだ、と――。もっとも、アンが代表とされるようになるのは大体一九八〇年以降のことで、それ以前の代表は『若草物語』のジョーだったように思うが、いずれにしても今から少し前までは、アンにせよジョーにせよ単独ではなかなか言及されず、女の子を主人公とした他の「少女小説」（もしくは「家庭小説」）と絡めて論じられるのが普通だったのである。

「少女小説」の主人公たち　たとえば、一九八〇年に雑誌『日本児童文学』が『アン』の特集を組んだときも、巻頭座談会の冒頭でまず確認されたのは、『アン』を他の作品、すなわち、オルコット『若草物語』（一八六八）、クーリッジ『ケイティ物語』（一八七二）、ウィギン『少女レベッカ』（一九〇三）、バーネット『小公女』（一九〇五）『秘密の花園』（一九一一）、ウェブスター『あしながおじさん』（一九一二）、E・ポーター

図2 『マイ・ディア――親愛なる物語』（角川文庫、1990年）の表紙

『少女パレアナ』（一九一三）等とあわせて検討しよう、ということだった（3―一二頁）。その理由として、当時は『アン』に関する情報がまだ乏しく、『アン』一作で座談会を成立させるのは困難だった、ということもあるかもしれない。だがそれ以上に大きいのは、座談会の論者たちも含め、その頃までの『アン』の読者はたいてい上記の作品群も読んでおり、各作品は各人の中で互いに絡み合って記憶されていた、ということだろう。

そしてまさにこのことこそが、「アンの娘」を探すに当たって私が直面している困難の大元なのだ。『アン』とその他の「少女小説」は、長らく一括りにされてきただけあって、互いに共通する要素を複数に持っている。その上、それら『アン』に似通う一連の作品を、想定される「アンの娘」の作者はいくつも読んでいる可能性が高いのである。

たとえば、氷室冴子（一九五七―　）は欧米の「家庭小説」（この稿でいう「少女小説」とほぼ同義に使われている）を紹介した『マイ・ディア――親愛なる物語』（角川文庫、一九九〇）という著作の中で、ここでこれまでに触れた諸作品をはじめ、オルコット『八人のいとこ』（一八七六）やG・ポーター『リンバロストの乙女』（一九一二）など十数作品について、自身の十代のころの読書体験を交え、詳細に語っている。一九八〇年代の日本における新たな「少女小説」ブームの立役者と目される氷室が、若いころから欧米の「少女小説」「家庭小説」に精通していたことは、やはり注目に値するだろう。

しかも『マイ・ディア』では、他に比べて『アン』とモンゴメリへの言及が特に多いようでもあり、ついつい『アン』と氷室の代表作『クララ白書』（一九八〇）や『なんて素敵にジャパネスク』（一九八四）との関連を探ってみたい誘惑に駆られるが、『マイ・ディア』はそれについて何のヒントも与えてくれない。この本の中で氷室が多少なりとも自作と関連づけてみせるのは、むしろ吉屋信子に代表される日本の「少女小説」の方で、『アン』ほかの諸作についてはただ漠然とその関連性を推察するしかない。まして、アンとそれ以外の主人公の影響を識別するなど、とうてい不可能である。

「少女小説」のような少女漫画　一方、「少女小説」が自作に及ぼした影響を明言している作家もいる。たとえば、一九七〇年代に『キャンディ・キャンディ』で一世を風靡した名木田恵子（一九四九―　）である。

図3 『キャンディ・キャンディ』（第1巻、講談社コミックス、1975年）の表紙

『キャンディ・キャンディ』は名木田が水木杏子名義で原作を書き、漫画家・いがらしゆみことの共作という形で一九七五年から雑誌『なかよし』に連載、すぐにアニメ化され、七六年から七八年にかけてテレビ朝日系列で放映されて人気を博した。舞台は二〇世紀初頭のアメリカ、主人公は天涯孤独の孤児キャンディである。

名木田は、自身の公認ファンサイト「妖精村～名木田World」に「キャンディとであったころ」というエッセイを寄せ、『キャンディ・キャンディ』執筆当時の事情や作者としてこの作品に寄せる思いを詳細に記している。執筆の動機については「少女名作物語」（この稿で言うところの「少女小説」）のような漫画を世に送り出したかったと語り、その例として、『アン』『あしながおじさん』『秘密の花園』『小公女』『少女パレアナ』『八人のいとこ』などをあげている。中でも『アン』については「アンとキャンディ」という一章を設け、「「キャンディ」を書く上での「ふるさと」のような作品」（4）とするなど、思い入れの強さを示しているが、物語には『アン』以外のさまざまな作品からの影響も窺われる。

確かに、孤児院出身で、緑色の眼でそばかすがあり、キャリアの獲得と経済的自立を目指して努力するなど、アンとキャンディの共通点は少なくない。だがそれと同じ程度にキャンディは、その楽天性ではパレアナに、謎の裕福な老人（実は青年）の養女になる筋立てでは『あしながおじさん』のジュディに、寄宿学校で厳格な校長と対立する展開では『小公女』のセーラに、そして常に男の子たちに囲まれてその中心にいる点では『八人のいとこ』のローズに、似ている。キャンディはまさに「少女小説」の申し子である。

ということは、キャンディは「アンの娘」なのだろうか。この問に答えを出すためには、「少女小説」の大勢の主人公の中からアン一人を浮かび上がらせてみなければならない。

「アンの娘」の探し方

主人公としてのアン　そのために大変参考になるのが、評論家・斎藤美奈子の「「少女小説」の使用法」である。この中で斎藤は『アン』『小公女』『若草物語』『秘密の花園』『あしながおじさん』にスピリ『ハイジ』(一八八一)を加えた「少女小説」六作品を分析し、これらが時代を超えて読者を引きつけてきた要素として次の五点をあげる。すなわち、主人公が①みなし子である、②男の子のようである、③腹心の友がいる、④老人を味方につける、⑤少年を見下す(5—二四九—二五八頁)。⑤の「見下す」とはバカにすることではなく、主人公の女の子が男の子の劣位に置かれたり、行動面でリードされたりせずに、少なくとも対等かそれ以上の位置にいる、というくらいの意味である。

これを詳しく見ると、六作品すべてがこの五項目すべてを満たしているわけではなく、『若草物語』は①、『小公女』は⑤に当てはまらない。また、『若草物語』と『秘密の花園』が③、『あしながおじさん』が④に当てはまるかどうかは微妙なところだ。逆に、どの項目にも無理なく該当するのが『アン』と『ハイジ』である。

そこで、この五項目に多少のアレンジを加えることで、まず『アン』と『ハイジ』の差異化を図ってみたい。斎藤が対象とした六作品は、主人公の年齢が低い『ハイジ』と『秘密の花園』を含むためか、五項目には女の子たちの将来につながる要素が見られない。よって、六番目にそれを補う。またそれと同時に、六作品の中での『若草物語』の位置取りをもう少し中心化するよう項目設定を改変したい。現行の項目では『若草物語』のみ孤児の設定を含まないため、他とはずいぶん隔たった印象を与えかねないが、実際は周知のように、『若草物語』こそ「少女小説」というジャンルを牽引してきた作品なのだから。

というわけで、①と③にそれぞれ若干の補足を加えるほか、それに付随して各項目の文言を整えてみたのが以下である。

①孤児か(心理的な意味も含めて)孤児に近い状況にあり、居場所を求めている。
①′独自の内面世界を持ち、それによって自分を支えている。
②男の子のような一面がある。
③同性の友達(姉妹も含む)との関係を大切にする。
④異性の友達とは対等以上の関係を保つ。
⑤老人を味方につける(老人に活力を与える)。

⑥自己実現を目指して努力する。

そうすると、今度は『ハイジ』と『秘密の花園』が⑥に該当するかが微妙となり、逆に『若草物語』が『アン』同様すべての項目を満たして、アンとジョーは当面差がなくなるが、それは仕方がない。さまざまに指摘されているように『アン』は『若草物語』から大きな影響を受けて成立したのであり、アンはいわばジョーの娘なのだから。そういう意味では、この稿で探している「アンの娘」は「ジョーの孫娘」でもあるわけだ。

「アンの娘」の意味するもの　話を戻そう。作者自らが『アン』とのつながりを語っている新子とキャンディは、上記の改訂項目に照らして「アンの娘」と言えるだろうか。

まず新子の場合、②④⑤には文句なく当てはまるが、ほかの項目はどれも無理がある。まず①①′に関しては、温かい家庭に育ち、友人関係も良好な新子には最初から確固たる居場所があり、したがって何かで自分を支える必要もない。③については、新子には男女両方の友達が複数いるが、物語の中で重要な役割を果たすのは皆男の子で、女の子の影は薄い。また⑥については、物語が閉じる時点で一〇歳の彼女は、未だ何か目標を見つけるには至っていない。昭和三〇年代の普通の子どもとしてはそれで当然だろう。

このように考えると、新子はどうも「アンの娘」とは言い難いようである。余談だが、新子の主人公としての在りようは、髙樹自身があげている作品の中から選ぶなら、『大草原の小さな家』のローラに最も近いように思う。

では、キャンディはどうか。彼女の場合は、さすがに原作者が「少女名作物語」を目指しただけあって、一つひとつの項目を個別に見る限りはほぼそのすべてを満たしている。だが、①′における心の支えが、六歳のときに一度だけ出会った謎の少年からかけられた言葉――「わらったほうがかわいいよ、おチビちゃん」（6―二一頁）だということは、アンたち「少女小説」の主人公の在りようとは大きく趣を異にする。彼女たちが支えとしたのは想像力（アンやセーラ）や創作力（ジョーやジュディ）など、いずれも自身に内在する力であり、その力によって彼女たちは徐々に強くなっていったのである。

一方、キャンディはその肝心の部分を自分以外の他者に頼っているだけでなく、そのことによって自らをその少年の劣位に導いており、結果として④との合致を危うくしている。確かに彼女は日々の暮らしの中で周囲の男の子の言いなりになったり、男の子の意に添うために自分の意思を曲げたりはしないが、心の中には「丘の上の王子さま」という絶対者を君臨させているのだ。もっともこれは、主人公の周辺には常にロマンスの気配を漂わせておくべしという、少女漫画に特有の約束事の一つでもあるわけだが。

娘は母を越える　ここで一旦『アン』に立ち戻ると、『アン』ではアンとギルバートの長年の緊張関係は、終始ライバル同士という形を保って、ロマンスには発展しなかった。言い換えれば、アンがギルバートを「見下し」続ける設定が、彼女をロマンスから遠ざけていたのだ。そしてそのことによってアンは長く「男の子」性を保つことができ、自己実現のための努力を継続することができた。女の子がロマンスと自己実現を両立させることが非常に困難だった『アン』の時代には、ロマンスの封印は、女の子がその持てる力を十分に伸ばすための、いわば安全弁として機能していたと言える。

だがキャンディの時代は——物語が展開する第一次世界大戦前後ではなく、作品が成立した一九七〇年代は——道はまだまだ遠くはあっても、女性がキャリアと自己実現の両立を目指すことを社会は少しずつ受け入れ始めていた。そういう背景の下に、キャンディは最初からロマンスを胸に抱き、成長過程では実際に何度かの恋愛を経験もするが、恋愛中も女友達を決して蔑ろにせず、「看護婦」になるという目標も見失うことはなかった。つまり、ロマンスの封印は彼女にはもはや必要なかったのであり、その意味で、キャンディはアンよりも制約の少ない、その分生きやすい十代を過ごしていると言えるだろう。ちょうどアンの一五歳の日々がジョーのそれよりも明るく、自由な印象を読者に与えるように。

アンの物語がジョーの物語より明るく読める理由はさまざまに考えられるが、この稿の話題に即して一つだけあげるなら、それは彼女たちがそれぞれに目指す自己実現の違いに起因する。一言で言えば、ジョーは前述した項目の①と⑥を一致させようとしたが、アンはそうでなかった。つまり、ジョーは自身の心のよりどころである創作力による自己実現を目指して、作家になろうと奮闘し続けたわけだが、アンの目標は彼女の想像力とは直接関係のない（むしろ相反する）教師の道であり、誤解を恐れずに言えば、その分ジョーほどの切実さはなかった。同時にアンのこの選択は、女の子の将来像としてより柔軟性のある、読者のモデルとなりやすいものでもあった。

そういう意味で、アンは主人公としてジョーと同じ要件を備えながら、ジョーという母を一歩越えた、あっぱれな娘であると言える。だから私は、キャンディもまたアンより一歩先に進んだ「アンの娘」であるという評価に対しては（かりにそう評価する人がいたとしたらの話だが）、特に反対はしない。けれども、かりにも「アンの娘」たる者の心の支えが、「丘の上の王子さま」であることには、どうしても抵抗を感じる。

それが「アンの娘」探しのむずかしいところなのだ。

親に似ない鬼っ子もいる

図4　『赤い文化住宅の初子』（太田出版、2003年、28頁）

この稿を書く準備をしている時、偶然『アン』が大嫌いだという女の子の登場する漫画があること知った。単行本にして百ページほどの短編ながら、二〇〇七年には映画化もされた、松田洋子（一九六四―　）の青年漫画『赤い文化住宅の初子』である。

主人公の初子は中学三年生。父親はずっと以前に家を出たまま戻らず、母親は苦労の末に病没。初子は生まれ育った文化住宅に兄と二人で暮らし、アルバイトをしながら受験勉強に励んでいる。とはいえ、生活は貧しく、世を拗ねた兄にはつらく当たられ、ついには進学も断念せざるをえなくなる。まさに初子は、格差社会の崩壊家庭を生きる現代の孤児であり、同じ孤児でもアンとは真逆の位置にある。そもそも『赤い文化住宅の初子』というタイトル自体が『緑の切妻屋根の家のアン』のネガであり、試しに前述の六項目を初子に当てはめてみると、予想通り、①が該当するだけであとはすべてはずれた。

そんな初子が『アン』を嫌いだと言うのは当然であり、アンが誰にも好かれ、次々と望みを叶えていく様について、彼女は広島弁でこう感想をもらす。「ほんなんなあ　うもういきすぎじゃあ思うてなあ」「本当はこの話て　孤児院の固いベッドの上で　しょうこう熱で死にかけとるアンの見よった幻じゃないかあ思うたん」（7―二六―二七頁）

けれどもその言葉とは裏腹に、初子は母の形見だという『アン』の本を何度も読み返しているらしく、彼女の行いからは心なしかアンの感化さえ窺われる。初子は逆境の極みにあっても希望を失わず、兄を気遣い、よく働く、努力家である。また、兄にも妹を思う気持ちがないわけではなく、初子が頼り切っているボーイフレンドは、彼女の弱みにつけ込むことなく、誠実な対応を見せる。アンと初子の世界は、一見互いに反転しているようで、実はそれほど隔たってはいない。

アンに強く憧れながら、同時に批判もする初子の姿は、意外に正しい「娘」の在りようなのかもしれない。

引用文献

（1）荻原規子『ファンタジーのＤＮＡ』（理論社、二〇〇六）
（2）髙樹のぶ子『髙樹のぶ子 BOOK』（マガジンハウス、二〇〇五）
（3）猪熊葉子、中島信子、長谷川潮、上地ちづ子「座談会　なぜ今、『赤毛のアン』なのか」（『日本児童文学』一九八〇年二月号、一二一―一二七頁）
（4）名木田恵子「妖精村～名木田World」http://www1.odn.ne.jp/~lilac/candy_candy/tobira.html
（5）斎藤美奈子「「少女小説」の使用法」（『文学界』二〇〇一年六月号、二四六―二七四頁）
（6）名木田恵子『新装版　小説キャンディ・キャンディ』（ブッキング、二〇〇四）
（7）松田洋子『赤い文化住宅の初子』（太田出版、二〇〇三）

COLUMN

『赤毛のアン』の映像化

『赤毛のアン』は一九〇八年の出版以来、映像化されたのは十回を下らず、その人気の高さを推し量ることができるだろう。最初のものは一九一九年アメリカで作られたサイレント映画で、日本でも『天涯の孤児』という題名で公開された。女傑のように威勢のいいアンが登場したりアメリカ国旗が映ったりで、モンゴメリは憤慨したという。一九三四年にはアメリカのRKOによるトーキー映画が作られた（邦題は『紅雀』）。トーキーは好まないと言っていたモンゴメリだったが、『アン』は気に入ったようで、特に前半はアンがよく描けていると日記に残している。しかし、後半はアンとギルバートのロマンスを軸に、「ロミオとジュリエット」まがいの二家族の諍いが中心で、物語としてはほとんど別物である。

その後も『アン』は何度か映画化されるが、一九八五年カナダで製作されたテレビ映画シリーズほど大ヒットしたものはないだろう（日本では劇場上映された）。これはカナダのテレビシリーズ製作者として知られるケヴィン・サリヴァンが脚本、演出を手がけたもので、アン役は新人女優のミーガン・フォローズが演じ、脇役をカナダのベテラン俳優が固めた。シリーズは三部構成で、特に第一部『赤毛のアン』の前半は原作に忠実に作られ、美しいプリンス・エドワード島の自然を背景に、おしゃべりで空想好きなアンの個性や、アンを取り巻く人々が丁寧に描かれ、これならモンゴメリも気に入るのでは、と思われる出来栄えだ。しかし、第二部『アンの青春』では、若い教師として教壇に立ちつつも、小説家としてのスタートを切るアン、そして彼女とギルバートのロマンスが中心となる。原作とは異なるエピソードも挿入され、「ちょっと違う」と思ってしまう。第三部『アンの結婚』は第一次世界大戦を背景に、アンとギルバートの結婚、行方不明になった夫の消息を求めて単身ヨーロッパに渡るアン、という波乱万丈の展開である。登場人物はそのままに、原作の時代設定や物語を大幅に変えた、いわばサリヴァン作の全く新しいアンの物語なのだ。積極的に人生に立ち向かう女性としてのアンの生き方と、著者モンゴメリのそれとを重ねた構成は確かに興味深いが、違和感は否めない。視聴者からは賛否両論があったようだが、サリヴァンの大きな挑戦であったことは確かだ。

日本では一九七九年に世界名作劇場の一作としてテレビアニメ化された『赤毛のアン』がよく知られている。これはシリーズの第一作目だけを扱っているが、物語の流れや登場人物などが原作に忠実で、島の風景なども現地取材して丁寧に再現されている。アンが美しい景色などを見て空想にひたるところでは、花が舞い妖精が飛ぶシーンで表現され、音楽や歌が少女らしい夢の気分を盛り上げる。もっとも、おしゃべりなアンが延々と喋り続ける場面をアニメ画面で表現するのは、それなりの苦労があっただろう。

『アン』を製作する前に『ハイジ』のアニメ化にたずさわった監督の高畑勲は、原作を読んで、可愛らしく優等生的なハイジとは全く異なるアンのキャラクターに戸惑ったようだ。しかし、アンの生き生きとした言動はそのままに、これとは対照的な男性のナレーターを配して、マリラやマシューなど大人の登場人物の心理状況をも原作に忠実に再現することで、アニメだがお子様ランチではない『アン』を作り上げた。このことは、アンによるマシューの死の受容と克服にもよく現われている。サリヴァンの映画ではアンとギルバートとのほのかなロマンスで第一部が締めくくられるが、高畑はこのあたりも丁寧に描き、最後のブラウニングの詩「神は天にいまし……」をうまく生かしている。アンを描きながらも、大きな人生の流れを見ているモンゴメリの姿勢をよく伝えているように思う。

二〇〇〇年にはカナダでもTVアニメ版の『アン』が作られ放映されたが、原作のキャラクターとエピソードを借りただけの子ども向け番組だ。日本以外の東洋の国々でもアンが受け入れられ始めている今、これからもさまざまな新しい映像版の『アン』が誕生するだろう。楽しみでもあるが、「やっぱり本の『アン』が好き」ということになるのかもしれない。

（白井）

編著者紹介

桂　宥子（かつら・ゆうこ）

現　在　岡山県立大学教授

著　書　『アリス紀行』東京図書、1994年

『理想の児童図書館を求めて――トロントの「少年少女の家」』中公新書、1997年

『L. M. モンゴメリ』KTC 中央出版、2003年

『英米児童文学』（共編著）ミネルヴァ書房、2000年

『英米児童文学の宇宙』（共著）ミネルヴァ書房、2002年

『英米児童文学史』（共編著）ミネルヴァ書房、2004年

『英米児童文学の黄金時代』（共編著）ミネルヴァ書房、2005年

『英米の絵本』（編著）ミネルヴァ書房、2006年　ほか多数

訳　書　ケイト・マクドナルド『赤毛のアンのクックブック』東京図書、1991年

C. G. D. ロバーツ『野生の一族』立風書房、1993年

L. M. モンゴメリ『モンゴメリ日記　プリンス・エドワード島の少女』立風書房、1997年

L. M. モンゴメリ『モンゴメリ日記　十九歳の決心』立風書房、1995年

L. M. モンゴメリ『モンゴメリ日記　愛、その光と影』立風書房、1997年　ほか多数

白井澄子（しらい・すみこ）

現　在　白百合女子大学教授

著　書　『エリナー・ファージョン』KTC 中央出版、2002年

『英米児童文学の宇宙』（共著）ミネルヴァ書房、2002年

『想像力の飛翔』（共著）北星堂、2003年

『英米児童文学の黄金時代』（共著）ミネルヴァ書房、2005年

『世界児童文学百科現代編』（共著）原書房、2005年

『英米の絵本』（共著）ミネルヴァ書房、2006年

『ようこそ絵本の世界へ』（共著）学燈社、2006年

『英語文学事典』（共著）ミネルヴァ書房、2007年

訳　書　『オックスフォード世界児童文学百科』（共訳）原書房、1999年

シリーズ　もっと知りたい名作の世界⑩

赤毛のアン

2008年6月30日　初版第1刷発行　　検印省略

定価はカバーに
表示しています

編著者　桂　宥子
　　　　白井澄子

発行者　杉田啓三

印刷者　田中雅博

発行所　株式会社　ミネルヴァ書房

607-8494　京都市山科区日ノ岡堤谷町1

電話代表　075-581-5191

振替口座　01020-0-8076

創栄図書印刷・新生製本

ISBN978-4-623-05052-9

Printed in Japan

執筆者一覧（執筆順）

桂　宥子（かつら・ゆうこ）CHAPTER 1、2、COLUMN、巻末資料
編著者紹介参照

白井澄子（しらい・すみこ）CHAPTER 3、11、COLUMN
編著者紹介参照

赤松佳子（あかまつ・よしこ）CHAPTER 4
現　在　ノートルダム清心女子大学准教授
著　書　*L. M. Montgomery and Canadian Culture*（共著）Toronto UP, 1999.
　　　　『英米児童文学ガイド――作品と理論』（共著）研究社、2001年
訳　書　L・M・モンゴメリ『アンの仲間たち』（正・続）篠崎書林、1988・1989年

伊澤佑子（いざわ・ゆうこ）CHAPTER 5
現　在　宮城学院女子大学教授
訳　書　D・H・ロレンス『ロレンス戯曲集』（共訳）彩流社、1998年

梶原由佳（かじはら・ゆか）CHAPTER 6
現　在　The Osborne Collection of Early Children's Books, Toronto Public library 勤務
　　　　L. M. Montgomery Research Group（http://lmmresearch.org）創設メンバー
　　　　L. M. Montgomery Society of Ontario（http://lucymaudmontgomery.ca/）メンバー
著　書　『赤毛のアンを書きたくなかったモンゴメリ』青山出版社、2000年

村岡恵理（むらおか・えり）CHAPTER 7
現　在　赤毛のアン記念館・村岡花子文庫主宰

西村醇子（にしむら・じゅんこ）CHAPTER 8
現　在　白百合女子大学・関東学院大学・他講師
著　書　『絵本をひらく』（共著）人文書院、2006年
　　　　『シリーズもっと知りたい名作の世界　「若草物語」』（共著）ミネルヴァ書房、2006年
　　　　『子どもの本と〈食〉――物語の新しい食べ方』（共編著）玉川大学出版、2007年

髙田賢一（たかだ・けんいち）CHAPTER 9
現　在　青山学院大学教授
著　書　『アメリカ文学のなかの子どもたち――絵本から小説まで』ミネルヴァ書房、2004年
　　　　『自然と文学のダイアローグ――都市・田園・野生』（共編著）彩流社、2004年
　　　　『越境するトポス――環境文学論序説』（共著）彩流社、2004年
　　　　『英米児童文学の黄金時代』（共編著）ミネルヴァ書房、2005年
　　　　『シリーズもっと知りたい名作の世界　「若草物語」』（編著）ミネルヴァ書房、2006年

川端有子（かわばた・ありこ）CHAPTER 10
現　在　愛知県立大学教授
著　書　『英米児童文学の宇宙』（共著）ミネルヴァ書房、2002年
『英国レディになる方法』（共著）河出書房新社、2004年
『英米児童文学の黄金時代』（共著）ミネルヴァ書房、2005年
『少女小説から世界が見える――ペリーヌはなぜ英語が話せたか』河出書房新社、2006年
『子どもの本と〈食〉――物語の新しい食べ方』（共編著）玉川大学出版、2007年
訳　書　ロバータ・シーリンガー・トライツ『ねむり姫がめざめるとき』（共訳）阿吽社、2002年
シャーリー・フォスター＆ジュディ・シモンズ『本を読む少女たち―ジョー、アン、メアリーの世界』柏書房、2002年

小野俊太郎（おの・しゅんたろう）CHAPTER 12
現　在　成蹊大学講師
著　書　『ピグマリオン・コンプレックス』ありな書房、1997年
『男らしさの神話』講談社、1999年
『レポート・卒論の攻略ガイドブック』松柏社、1999年
『モスラの精神史』講談社、2007年

横川寿美子（よこかわ・すみこ）CHAPTER 13
現　在　帝塚山学院大学教授
著　書　『初潮という切札――〈少女〉批評・序説』JICC 出版局、1991年
『「赤毛のアン」の挑戦』宝島社、1994年
『男女という制度』（共著）岩波書店、2001年
『シリーズもっと知りたい名作の世界　「若草物語」』（共著）ミネルヴァ書房、2006年

河村京子（かわむら・きょうこ）巻末資料
現　在　周南市立富田西小学校図書館司書
著　書　『アメリカの児童雑誌「セント・ニコラス」の研究』（共著）「セント・ニコラス」研究会、1987年
『はじめて学ぶ英米児童文学史』（共著）ミネルヴァ書房、2004年
『たのしく読める英米の絵本』（共著）ミネルヴァ書房、2006年

索　引

原則として，人名に続けてその作品名を列記している。

ア行

カ行

サ行

タ行

ナ行

ハ行

マ行

ヤ行

ラ行

ワ行

図版・写真出典一覧

表紙

L. M. Montgomery. *Anne of Green Gables*. New York: Children's Classics, 1988.

裏表紙

L. M. Montgomery. *Anne of Green Gables*. New York: Children's Classics, 1988.

口絵

1 Mary Rubio and Elizabeth Waterston, eds. *The Selected Journals of L. M. Montgomery*, Vol. 1. Toronto: Oxford University Press, 1985.

2 Mary Rubio and Elizabeth Waterston, eds. *The Selected Journals of L. M. Montgomery*, Vol. 2. Toronto: Oxford University Press, 1987.

3 Mary Rubio and Elizabeth Waterston, eds. *The Selected Journals of L. M. Montgomery*, Vol.3. Toronto: Oxford University Press, 1992.

4 Mary Rubio and Elizabeth Waterston, eds. *The Selected Journals of L. M. Montgomery*, Vol. 4. Toronto: Oxford University Press, 1998.

5 Mary Rubio and Elizabeth Waterston, eds. *The Selected Journals of L. M. Montgomery*, Vol. 5. Toronto: Oxford University Press, 2004.

はしがき

http://www.aquilabooks.com/L%20M%20Montgomery/MontgomeryAnneofGreenGables.html

1章

図1～5　桂宥子氏撮影。

図6　http://www.aquilabooks.com/L%20M%20Montgomery/MontgomeryAnneofGreenGables.html

図7～15　桂宥子氏撮影。

2章

図1～24　桂宥子氏撮影。

3章

図1　インターネット Library and Archives Canada
http://www.collectionscanada.ca/education/firstworldwar/05/80202/05/802020/04_e.html

図2　Janet Lunn & Christopher Moor, ed. *The Story of Canada*. Toronto: Key Porter Books, 1992.

図3　図2と同じ。

4章

図1　Rea Wilmshurst, ed. *Akin to Anne: Tales of Other Orphans*, by L. M. Montgomery. Toronto: McClelland and Stewart, 1988.

図2　L. M. Montgomery. *Anne of Green Gables*. Boston: L. C. Page, 1913. The Osborne Collection of Early Children's Books, Toronto Public Library 所蔵。

図3　図2と同じ。

図4　図2と同じ。

図5　図2と同じ。

5章

図1　L. M. Montgomery のスクラップブック。シャーロットタウンのコンフェデレーションセンター所蔵。

図2　『黒い目のレベッカ』（少女名作シリーズ）偕成社、1973年。

図3　*THIS ENGLAND*、2005年秋号。

図4　『シェイクスピア全集10　ハムレット』新潮社、1959年。

図5　伊澤佑子氏撮影。

6章

図1　Allan Govld. *Anne of Green Gables vs G. I. Joe.* Toronto: ECW Press, 2003.

図2　Jason NoLan 撮影（2006年6月）。

図3　Derek Odell 撮影（2006年11月）。

図4　Jason NoLan 撮影（2006年10月）。

7章

図1　東洋英和女学院史料室提供。

図2　図1と同じ。

図3　図1と同じ。

図4　赤毛のアン記念館・村岡花子文庫提供。

図5　図4と同じ。

図6　図4と同じ。

8章

図1　Allison Gerridge. *Meet Canadian Authors and Illustrators: 50 Creators of Children's Books.* Ontario: Scholastic Canada Ltd., 1994.

図2　L. M. Montgomery. *The Alpine Path: The Story of My Career.* Markham: Fitzhenry & Whiteside Limited., 1917.

図3　Francis W. P. Bolger. *The Years Before "Anne".* Charlottetown: Prince Edward Island Heritage Foundation, 1974.

図4　Mary Rubio & Elizabeth Waterston, eds. *The Selected Journals of L. M. Montgomery, Volume I: 1889–1910.* Toronto: OUP, 1985.

図5　Wendy E. Barry, Margaret Anne Doody & Mary E. Doody Jones, eds. *The Annotated Anne of Green Gables*, New York: Oxford, 1997.

9章

図1　山本史郎訳『完全版・赤毛のアン』原書房、1999年。

図2　森田英津子氏撮影。

図3　図2と同じ。

図4　図2と同じ。

図5　図2と同じ。

図6　山梨県立文学館「特設展『赤毛のアン』の世界へ」パンフレットより。

10章

図1　L. M. Montgomery. *Anne of Green Gables.* London: Random House, 1995, p. 32.

図2　ジョアン・オリアン編『子どものファッション1896–1912』ドーヴァー出版、1994。（JoAnne Olian eds. *Children's Fashion 1896–1912.* NY: Dover, 1994.）

図3　L. M. Montgomery. *Anne of Green Gables.* London: Random House, 1995, p. 305.

図4　L. M. Montgomery. *Anne of Green Gables.* London: Random House, 1995, p. 369.

11章

図1　L. M. Montgomery. *Anne of Green Gables.* New York: Bantam Books, 1998.

図2　L. M. Montgomery. *Emily of New Moon.* New York: Random House Children's Books（Dell Laurel-Leaf), 1993.

図3　L. M. Montgomery. *The Blue Castle.* New York: Random House Books.

図4　L. M. Montgomery. *Jane of Lantern Hill.* New York: Random House Children's Books（Dell Laurel-Leaf), 1993.

図5　L. M. Montgomery. *Pat of Silver Bush.* New York: Random House Children's Books（Dell Laurel-Leaf), 1988.

12章

図1　大塚勇三訳『長くつ下のピッピ』岩波文庫、2002年。

図2　清水俊二訳『アメリカの世紀⑤　スウィング&パニック』西部タイム、1985年。

図3　岸田国士訳『にんじん』岩波文庫、1985年。

13章

図1　髙樹のぶ子『マイマイ新子』マガジンハウス、2004年。

図2　氷室冴子『マイ・ディア――親愛なる物語』角川文庫、1990年。

図3　水木杏子（名木田恵子）原作、いがらしゆみこ『キャンディ・キャンディ』第1巻、講談社コミックス、1975年。

図4　松田洋子『赤い文化住宅の初子』太田出版、2003年。

コラム

あらすじ　L. M. Montgomery. *Anne of Green Gables.* New York: Children's Classics, 1988.

アンの世界への憧れ　白泉社書籍編集部『赤毛のアンの手作り絵本　1　少女編』白泉社、2006年。

『赤毛のアン』を知るために

参考文献

モンゴメリ略年表

参考文献

主要作品リスト

（＊印の作品は McClelland-Bantam Inc.（Toronto）の‘A Seal Book’に収録されている。）

＊*Anne of Green Gables*（1908）『赤毛のアン』村岡花子訳，新潮文庫，1954.

＊*Anne of Avonlea*（1909）『アンの青春』村岡花子訳，新潮文庫，1955.

＊*Kilmeny of the Orchard*（1910）『果樹園のセレナーデ』村岡花子訳，新潮文庫，1961.

＊*The Story Girl*（1911）『ストーリー・ガール』木村由利子訳，篠崎書林，1980.

＊*Chronicles of Avonlea*（1912）『アンの友達』村岡花子訳，新潮文庫，1957.

＊*The Golden Road*（1913）『黄金の道』木村由利子訳，篠崎書林，1980.

＊*Anne of the Island*（1915）『アンの愛情』村岡花子訳，新潮文庫，1956.

The Watchman and Other Poems（Toronto: McClelland, Goodchild, and Stewart, 1916）『夜警』吉川道夫・柴田恭子訳，篠崎書林，1986.

＊*Anne's House of Dream*（1917）『アンの夢の家』村岡花子訳，新潮文庫，1958.

The Alpine Path（*Everywomen's World* 誌に連載，1917，Fitzhenry & Whiteside, 1974. Reprint: 1990）『険しい道――モンゴメリ自叙伝』山口昌子訳，篠崎書林，1979.

＊*Rainbow Valley*（1919）『虹の谷のアン』村岡花子訳，新潮文庫，1958.

＊*Further Chronicles of Avonlea*（1920）『アンをめぐる人々』村岡花子訳，新潮文庫，1959.

＊*Rilla of Ingleside*（1921）『アンの娘リラ』村岡花子訳，新潮文庫，1959.

＊*Emily of New Moon*（1923）『可愛いエミリー』村岡花子訳，新潮文庫，1964.

＊*Emily Climbs*（1925）『エミリーはのぼる』村岡花子訳，新潮文庫，1967.

＊*The Blue Castle*（1926）『青い城』谷口由美子訳，篠崎書林，1983.

＊*Emily's Quest*（1927）『エミリーの求めるもの』村岡花子訳，新潮文庫，1969.

＊*Magic for Marigold*（1929）『マリゴールドの魔法』田中とき子訳，篠崎書林，1983.

＊*A Tangled Web*（1931）『もつれた蜘蛛の巣』谷口由美子訳，篠崎書林，1983.

＊*Pat of Silver Bush*（1933）『銀の森のパット』田中とき子訳，篠崎書林，1980-81.

Courageous Women（Toronto: McCleland and Stewart, 1934）

＊*Mistress Pat*（1935）『パットお嬢さん』村岡花子訳，新潮文庫，1965.

＊*Anne of Windy Poplars*（1936）『アンの幸福』村岡花子訳，新潮文庫，1958.

＊*Jane of Lantern Hill*（1937）『丘の家のジェーン』村岡花子訳，新潮文庫，1960.

＊*Anne of Ingleside*（1939）『炉辺荘のアン』村岡花子訳，新潮文庫，1958.

The Road to Yesterday（ed. by Dr. Stuart Macdonald. Toronto: McGrow-Hill Ryerson, 1974）『アンの村の日々』上坪正徳訳，篠崎書林，1983.

※『アン』シリーズは、「完訳クラシック赤毛のアン」（掛川恭子訳，講談社，1990-2000）もある。

日記

Rubio, Mary and Elizabeth Waterston, eds. *The Selected Journals of L. M. Montgomery*, Vol. 1–5. Toronto: Oxford University Press, 1985–2004.『モンゴメリ日記１－３（1889-1900）』（桂宥子訳，立風書房，1995-1997）

書簡集

Eggleston, Wilfrid, ed. *The Green Gables Letters from L. M. Montgomery to Ephraim Weber* 1905–1909. Toronto: Ryerson, 1960. Ottawa: Borealis, 1981.

Bolger, Francis W. P. and Elizabeth R. Epperly, eds. *My dear Mr. M: Letters to G. B. Macmillan.* Toronto: McGraw–Hill Ryerson, 1980. 『モンゴメリ書簡集 I』（宮武潤三・宮武順子訳，篠崎書林，1981）

Tiessen, Hildi Froese and Paul Gerald Tiessen, eds. *After Green Gables: L. M. Montgomery's Letters to Ephraim Weber, 1916–1941.* Toronto: University of Toronto Press, 2006.

伝記・評伝

Ridley, Hilda. *The Story of L. M. Montgomery.* London: George G. Harrap & Co. Ltd., 1956.

Bolger, Francis W. P. *The Years Before 'Anne'.* Charlottetown, P. E. I.: Prince Edward Island Heritage Foundation, 1974.

Gillen, Mollie. *The Wheel of Things.* Halifax: Goodread Biographies, 1975. 『運命の紡ぎ車』（宮武潤三・宮武順子訳，篠崎書林，1979）

Bruce, Harry. *Maud.* New York: Bantam Books, 1992. 『モンゴメリ』（橘高弓枝訳，偕成社，1996）

Andronik, Catherine M. *Kindred Spirit: a biography of L. M. Montgomery, creator of Anne of Green Gables.* New York: Atheneum, 1993. 『わたしの赤毛のアン――モンゴメリの生涯』（折原みと訳，ポプラ社，1994）

Rubio, Mary & Elizabeth Waterston. *Writing a Life: L. M. Montgomery.* Toronto: ECW Press, 1995. 『〈赤毛のアン〉の素顔　L. M. モンゴメリ』（槙朝子訳，ほるぷ出版，1996）

The Bend in the Road. L. M. Montgomery Institute, 2000. http://www.upei.ca/~lmmi/〈CD–ROM〉

梶原由佳　『「赤毛のアン」を書きたくなかったモンゴメリ』青山出版，2000.

研究書

Baldwin, Douglas. *Land of the Red Soil.* Charlottetown: Ragweed Press, 1990. 『赤毛のアンの島』（木村和男訳，河出書房新社，1995）

Åhmansson, Gabriella. *A Life and Its Mirrors: A Feminist Reading of L. M. Montgomery's Fiction.* Ubsaliensis S. Academiae; Stockholm: Distributor, Almqvist & Wiksell International, 1991.

Epperly, Elizabeth Rollins. *The Fragrance of Sweet–Grass: L. M. Montgomery's Heroines and the Pursuit of Romance.* Toronto: University of Toronto Press, 1992.

Reimer, Maivis, ed. *Such a Simple Little Tale.* Metuchen, New Jersey: The Children's Literature Association and Scarecrow Press, 1992.

DuVernet, Sylvia. *L. M. Montgomery on the Red Road to Reconstruction: A Survey of Her Novels.* Toronto: University of Toronto Press, 1993.

Waterston, Elizabeth. *Kindling Spirit: L. M. Montgomery's Anne of Green Gables.* Toronto: ECW Press, 1993.

Rubio, Mary Henley, ed. *Harvesting Thistles: The Textual Garden of L. M. Montgomery.* Guelph: Canadian Children's Press, 1994.

横川寿美子　『「赤毛のアン」の挑戦』宝島社，1994.

Barry, Wendy E., Margaret Anne Doody and Mary E. Doody Jones, eds. *The Annotated Anne of Green Gables.* New York: Oxford University Press, 1997.『完全版　赤毛のアン』（山本史郎訳，原書房，1999）

テリー神川　『「赤毛のアン」の生活事典』講談社，1997.

Gammel, Irene and Elizabeth Epperly, eds. *L. M. Montgomery and Canadian Culture.* Toronto: University of To-

ronto Press, 1999.
松本侑子『誰も知らない「赤毛のアン」──背景を探る』集英社，2000.
────『「赤毛のアン」に隠されたシェイクスピア』集英社，2001.
桂　宥子『L. M. モンゴメリ』KTC 中央出版，2003.
小倉千加子『「赤毛のアン」の秘密』岩波書店，2004.
Gammel, Irene, ed. *The Intimate Life of L. M. Montgomery.* Toronto: University of Toronto Press, 2005.
Epperly, Elizabeth R. *Through Lover's Lane: L. M. Montgomery's Photography and Visual Imagination*. Toronto: University of Toronto Press, 2007.
Rubio, Mary and Elizabeth Waterston, eds, *Anne of Green Gables*（by L. M. Montgomery）. New York: W. W. Norton & Co. Inc., 2007.

その他

McCabe, Kevin, Comp. and Alexandre Heilbron, ed. *The Lucy Maud Montgomery Album*. Toronto: Fitzhenry & Shiteside, 1999.

（桂・河村）

モンゴメリ略年表

西暦	年齢	事　項
1874年	0歳	11月30日、プリンス・エドワード島のクリフトン、現在のニュー・ロンドンに誕生。父ヒュー・ジョン・モンゴメリと母クレアラ・ウルナー・マクニールの第1子。
1876年	2歳	生後21ヵ月で母と死別。母方の祖父母にキャヴェンディッシュで養育される。
1889年	15歳	9月21日、現存する日記を書き始める。
1890年	16歳	再婚した父と暮らすため、カナダ西部のプリンス・アルバートへ赴く。
1891年	17歳	キャヴェンディッシュに戻り、再び祖父母と暮らす。
1893年	19歳	シャーロットタウンのプリンス・オブ・ウエールズ・カレッジに入学（教員免許コース）。
1894年	20歳	カレッジ卒業。ビディファドの学校に着任。
1895年	21歳	ビディファドの学校辞職。ハリファックスのダルハウジー大学で英文学のコース受講。
1896年	22歳	PEIへもどりベルモントの学校で教鞭をとる。
1897年	23歳	エド・シンプソンと婚約。ロウア・ベデックで代用教員となる。
1898年	24歳	下宿先の息子ハーマン・リアードと恋愛。エドとの婚約破棄。祖父死亡。祖母と暮らすため、キャヴェンディッシュへ戻る。
1899年	25歳	ハーマン死去。
1900年	26歳	父、プリンス・アルバートで肺炎により死亡。
1901年	27歳	ハリファックスのデイリー・エコー紙の校正係兼記者となる。
1902年	28歳	デイリー・エコー社辞職。キャヴェンディッシュにもどり祖母の世話をしながら職業作家の道を歩む。アルバータに住むイーフレイム・ウィーバーと文通を始める。
1903年	29歳	スコットランドのジョージ・B・マクミランと文通を始める。
1905年	31歳	『赤毛のアン』を書き始める。
1906年	32歳	『赤毛のアン』の原稿を4社に送るが、すべて不採用。牧師ユーアン・マクドナルドと婚約。
1907年	33歳	ボストンのL. C. ペイジ社、『赤毛のアン』の出版を承諾。
1908年	34歳	6月20日、『赤毛のアン』出版。
1909年	35歳	『アンの青春』出版。
1910年	36歳	『果樹園のセレナーデ』出版。
1911年	37歳	3月、祖母死亡。『ストーリー・ガール』出版。7月5日、ユーアンと結婚。スコットランドとイングランドへ新婚旅行の後、夫の赴任地オンタリオ州リースクデールの牧師館へ入る。
1912年	38歳	『アンの友達』出版。長男チェスター誕生。
1913年	39歳	『黄金の道』出版。夏にプリンス・エドワード島訪問。
1914年	40歳	次男ヒュー死産。第1次世界大戦勃発。
1915年	41歳	『アンの愛情』出版。三男スチュアート誕生。
1916年	42歳	出版社をこれまでのペイジ社からトロントの出版社に変える。詩集『夜警』出版。
1917年	43歳	『アンの夢の家』出版。自叙伝「険しい道」、*Everywoman's World* 誌に掲載。選挙で初めての投票。
1919年	45歳	『赤毛のアン』映画化。『虹の谷のアン』出版。

西暦	年齢	事　項
1920年	46歳	ペイジ社、著者の承諾を得ずに『アンをめぐる人々』出版。
1921年	47歳	『アンの娘リラ』を執筆し、「アン」シリーズを中断。一家でプリンス・エドワード島訪問。
1923年	49歳	『可愛いエミリー』出版。カナダ女性として初めて、英国王立芸術協会の会員に選出される。
1925年	51歳	『エミリーはのぼる』出版。
1926年	52歳	オンタリオ州ノーヴァルの牧師館へ移る。『青い城』出版。
1927年	53歳	『エミリーの求めるもの』出版。
1929年	55歳	『マリゴールドの魔法』出版。ペイジ社との長年の訴訟すべて解決する。世界恐慌が始まり、家計に影響を受ける。
1931年	57歳	『もつれた蜘蛛の巣』出版。
1933年	59歳	『銀の森のパット』出版。
1934年	60歳	『勇敢な女性』（共著）出版。『赤毛のアン』の二度目のハリウッド映画化。
1935年	61歳	『パットお嬢さん』出版。退職した夫と共にトロントの「旅路の果て荘」に移り住む。大英帝国勲位を授与される。フランス芸術院会員に選出される。
1936年	62歳	『アンの幸福』出版。
1937年	63歳	『丘の家のジェーン』出版。
1939年	65歳	プリンス・エドワード島を最後に訪れる。『炉辺荘のアン』出版。第２次世界大戦勃発。
1940年	66歳	没後『アンの村の日々』（1974）として出版されるアンの物語の原形を準備。
1942年	68歳	４月24日、永眠。キャヴェンディッシュの共同墓地に埋葬される。（1943年　夫ユーアン死去。）

＊　年齢は誕生日以降の満年齢数。（桂）